Deborah Ellis

A HISTÓRIA DE SHAUZIA

O sonho de uma garota afegã

Tradução

Carolina Candido

editora ática

Título original: *Mud City*
Título da edição brasileira: *A história de Shauzia: O sonho de uma garota afegã*

Presidência: Guilherme Mélega
Direção executiva de negócio: Morgana Lemos Monteiro de Oliveira Batistella
Direção pedagógica: Luciana Patrocinio de Britto (ger.), Guilherme Cintra (coord.)
Direção de Educação Básica: Flavia Alves Bravin
Direção editorial: Lidiane Vivaldini Olo
Gerência de conteúdo: Julio Cesar Augustus de Paula Santos
Autoria: Deborah Ellis, Carolina Candido (trad.)
Edição: Laura Vecchioli do Prado (coord.), Gabriela Castro Dias (edit.), Vivian Mendes Moreira (analista)
Produção editorial: Renata Galdino
Revisão: Letícia Pieroni (coord.), Alicia Rozza, Aline Vieira, Ana Paula Malfa, Anna Clara Razvickas, Arali Gomes, Bárbara Genereze, Bruno Freitas, Carla Bertinato, Carolina Guarilha, Daniela Lima, Danielle Modesto, Diego Carbone, Elane Vicente, Gabriela Andrade, Gisele Valente, Helena Settecerze, Heloísa Schiavo, Kátia Godoi, Lara Godoy, Lilian Kumai, Luciana Azevedo, Luís Boa Nova, Luiz Gustavo Bazana, Luíza Thomaz, Malvina Tomáz, Marília Lima, Paula Freire, Paula Baltazar, Paula Teixeira, Raquel Taveira, Ricardo Miyake, Shirley Ayres, Tayra Alfonso, Thaise Rodrigues, Thayane Vieira e Vanessa Santos
Arte: Fernanda Costa da Silva (ger.), Kleber de Messas (coord.), Carolina Mendonça Junger Mano (projeto gráfico e diagramação)
Aprendizagem digital: Daniela Teves Nardi (ger.), Rafael Pereira de Paula Freitas (coord. produção multimídia), Daniella dos Santos Di Nubila (coord. produção digital) e Rogerio Fabio Alves (coord. conteúdo digital e publicação)
Licenciamentos: Flávio Matuguma
Licenciamento e iconografia: Roberta Bento (ger.), Iron Mantovanello (coord.), Fernanda Crevin (tratamento de imagens)
Ilustração de capa: Débora Islas

Dados Internacionais de Catalogação na Publicação (CIP)

Ellis, Deborah
A história de Shauzia : o sonho de uma garota afegã / Deborah Ellis ; tradução de Carolina Candido. -- 1. ed. -- São Paulo : Ática, 2024.
(Coleção Vasto Mundo)

ISBN 978-85-08-20032-0
Título original: Mud City

1. Literatura infantojuvenil. 2. Afeganistão - Literatura infantojuvenil I. Título II. Candido, Carolina III. Série

24-2817 CDD 028.5

Angélica Ilacqua – Bibliotecária – CRB-8/7057

CL: 538912
CAE: 870200
OP: 248534
2024
1ª edição

Impressão e acabamento: EGB Editora Gráfica Bernardi Ltda.

editora ática

Direitos desta edição cedidos à Somos Sistemas de Ensino S.A.
Av. Paulista, 901, Bela Vista – São Paulo – SP
CEP 01311-100 | Tel.: (0xx11) 4003-3061
Conheça o nosso portal de literatura Coletivo Leitor:
www.coletivoleitor.com.br

Para as crianças perdidas e errantes,
tão longe de suas casas.

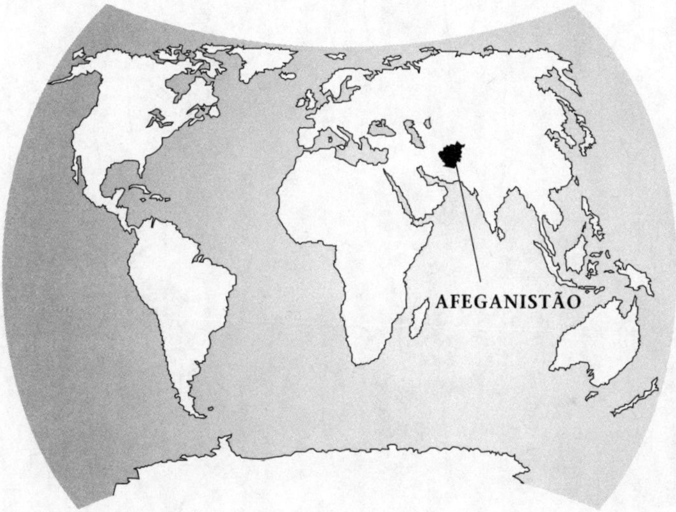
AFEGANISTÃO

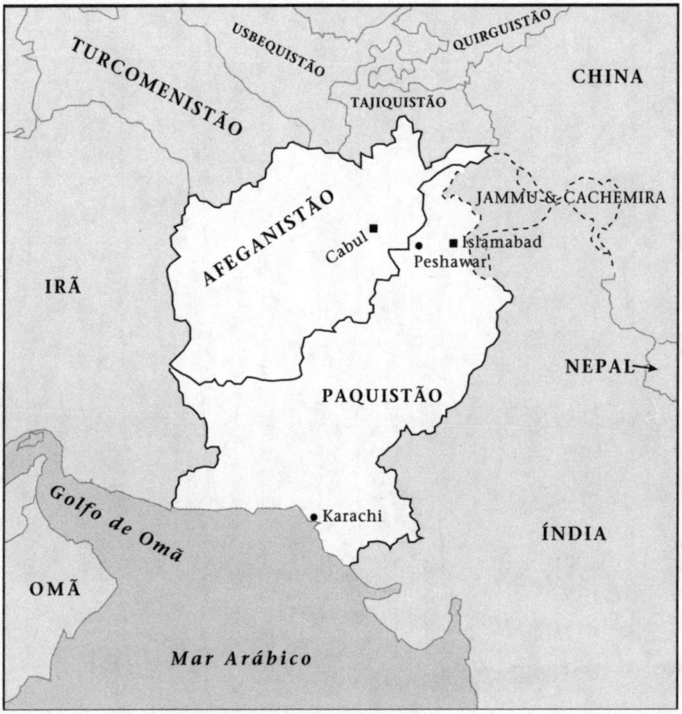
USBEQUISTÃO
QUIRGUISTÃO
TURCOMENISTÃO
CHINA
TAJIQUISTÃO
JAMMU & CACHEMIRA
AFEGANISTÃO
Cabul
Islamabad
Peshawar
IRÃ
NEPAL
PAQUISTÃO
Golfo de Omã
Karachi
ÍNDIA
OMÃ
Mar Arábico

UM

— Quando a sra. Weera disse que voltava?

Shauzia já tinha feito essa pergunta tantas vezes que a mulher na barraca da sra. Weera nem ergueu a cabeça. Ela só levantou um dos braços e apontou para a porta.

— Certo, estou indo — respondeu Shauzia —, mas não vou longe. Vou ficar sentada na porta até ela voltar.

Mas a mulher na mesa improvisada estava absorta em seu trabalho. Aquele não era só o escritório do Complexo das Viúvas, seção do campo de refugiados em que viúvas moravam com os filhos. Era também a sede de uma organização secreta de mulheres que operava do outro lado da fronteira com o Paquistão, no Afeganistão. Ali, o Talibã[1] ainda estava no poder. A organização da sra. Weera geria, em segredo, escolas, clínicas e uma revista.

Shauzia se sentiu tentada a pular na mesa e chutar os papéis no chão sujo, só para obter alguma reação. Em vez disso, saiu da barraca e postou-se no chão ao lado da entrada, com as costas apoiadas na parede.

[1] Exército afegão que assumiu o controle da capital afegã, Cabul, em setembro de 1996, e foi forçado a deixar o poder no outono de 2001, quando o país foi invadido pelos Estados Unidos, em resposta ao atentado às Torres Gêmeas do World Trade Center, em Nova York, e ao Pentágono, em Virgínia. Em 2021, reconquistou o poder no país após a retirada das forças estadunidenses. O grupo é particularmente rígido com a população feminina, impondo regras de conduta e retirando direitos como liberdade de expressão e acesso à educação e ao mercado de trabalho. [N. E.]

Jasper, seu cachorro, ocupava grande parte da escassa sombra que se projetava da barraca. Ele ergueu a cabeça alguns centímetros do chão em cumprimento, mas só por um instante. Estava quente demais para fazer qualquer coisa além disso.

As ruas e as paredes do campo eram todas feitas de barro, que absorvia o calor como um forno de pão, assando tudo lá dentro, incluindo Shauzia. Moscas pousavam em seu rosto, mãos e tornozelos. Nos arredores, a lunática local se balançava e resmungava.

— Lembra quando a gente estava naquele pasto lá no alto? — Shauzia perguntou para Jasper. — Como dava para ouvir os pássaros cantando e não mulheres reclamando? — Ela enfiou a mão por baixo do xador[2] para ajustar os cabelos, que estavam grudando em sua nuca. — Talvez tivesse sido melhor ficar com os criadores de ovelhas — disse ela, afastando uma mosca e envolvendo a cabeça e ombros com o xador de novo. — Talvez tivesse sido melhor deixar o cabelo curto, como o de um menino, em vez de deixá-lo crescer. Foi ideia da sra. Weera. A sra. Weera vive me dando ordens, tem ideias idiotas e nem me consegue um par decente de sandálias. Olha só para isto! — Ela tirou uma das sandálias para mostrar a Jasper, que continuou de olhos fechados. As tiras finas mal conseguiam manter a sandália inteira.

Shauzia a colocou de volta no pé.

— Não é justo com você ficar nesse calor também — falou para Jasper. — Você é um cão pastor. Deveria estar nas montanhas com as ovelhas ou, ainda melhor, no convés de um barco bem grande, ao meu lado, com o vento do mar soprando na gente.

Shauzia não sabia dizer com certeza se ventava no mar, mas imaginava que sim. Afinal de contas, havia ondas lá.

---

[2] Veste feminina que cobre o corpo todo, à exceção do rosto. [N. E.]

— Desculpa por ter trazido você aqui, Jasper. Achei que seria o primeiro passo para irmos a um lugar melhor, não um beco sem saída. Você me perdoa?

Jasper abriu os olhos, ergueu as orelhas por alguns instantes e depois voltou a cochilar. Shauzia aceitou aquilo como um sim.

Jasper costumava ser dos pastores, mas assim que ele e Shauzia se conheceram, perceberam que pertenciam um ao outro.

Shauzia se reclinou e fechou os olhos. Talvez conseguisse se lembrar de qual era a sensação de uma brisa fria. Talvez isso a ajudasse a sentir menos calor.

— Shauzia, conte uma história pra gente!

Ela continuou de olhos fechados.

— Caiam fora. — Não estava no clima para entreter as crianças do complexo.

— Fale dos lobos pra gente.

Ela abriu um olho e o usou para olhar feio para o grupo de pirralhos à sua frente.

— Eu falei para caírem fora. — Não deveria ter sido simpática com eles. Agora, não a deixariam em paz.

— O que está fazendo?

— Estou sentada.

— Vamos sentar com você. — As crianças se jogaram na terra, mais perto do que ela julgava confortável num calor daqueles. Muitas delas tinham a cabeça raspada por causa de um recente surto de piolhos no complexo. A maioria estava com o nariz escorrendo. Todas tinham olhos grandes e bochechas encovadas. Nunca havia comida suficiente.

— Pare de encostar em mim — protestou, empurrando uma menininha que estava se apoiando nela. Os órfãos que a sra. Weera estava sempre achando e trazendo para o complexo eram os mais grudentos de todos. — Você é pior do que as ovelhas.

— Fale dos lobos pra gente.

— Uma história, e aí vocês me deixam em paz?

— Uma história.

Valeria o esforço, se eles fossem embora de verdade. Ela precisava de silêncio para planejar o que diria para a sra. Weera. Dessa vez, não seria descartada com um pedido para fazer um daqueles "trabalhinhos".

— Certo, vou contar dos lobos. — Shauzia respirou fundo e começou sua história. — Aconteceu quando eu estava trabalhando como pastora de ovelhas. As ovelhas estavam nos pastos mais para o alto no Afeganistão, onde o ar é mais limpo e gelado.

— Eu consigo fazer o Afeganistão com a mão.

— Eu também.

Uma dúzia de punhos sujos surgiram em frente ao rosto de Shauzia. Os polegares estavam esticados para representar a parte fina da província do Badaquistão.

— Não me interrompam. Vocês querem ouvir a história ou não? — protestou Shauzia, afastando as mãos. — A gente estava no pasto, onde tudo é verde... a grama, os arbustos, as árvores de pistache, os enormes carvalhos... de um verde lindo.

Shauzia olhou em volta, à procura de algo que pudesse comparar. O complexo era todo de barro amarelo-acinzentado. Grande parte das crianças passaram a vida inteira ali.

— Olhem para o *shalwar kameez*[3] da Safa. Lá nos pastos altos, o mundo inteiro é do mesmo verde. — Por baixo da sujeira, as roupas de Safa eram verdes. O suprimento de água era pouco e ninguém conseguia lavar as roupas.

---

[3] Traje tradicional usado em muitos países do sul da Ásia, como Índia, Paquistão, Bangladesh e Afeganistão. Consiste em um par de calças largas (*shalwar*) combinadas com uma túnica longa (*kameez*). O *shalwar kameez* masculino é de uma cor só, com bolsos nas laterais e no peito. O feminino tem cores e padrões diferentes e, às vezes, é bordado ou possui miçangas. [N. E.]

As crianças fizeram "oh" e "ah" e começaram a tagarelar sobre cores. Shauzia teve que mandar que se calassem para poder terminar a história. Assim, quem sabe, a deixassem em paz.

Ela visualizou o pasto em sua mente e, por um instante, foi levada para longe do barulho, da sujeira e do cheiro do campo de refugiados.

— Eu estava sentada com as ovelhas numa noite escura, cuidando delas, porque as ovelhas são tão burras que não conseguem cuidar de si mesmas. Os outros criadores de ovelhas, todos homens adultos e grandes, estavam dormindo. Eu era a única acordada. Estava sentada próximo a uma fogueira bem discreta, observando as faíscas que voavam no céu como estrelas.

"O silêncio nas colinas era fantasmagórico. Tudo o que podia ouvir era o ronco dos criadores de ovelhas. Então, de repente, um lobo uivou!"

Shauzia uivou como um lobo. Algumas das crianças arfaram e outras riram. As mulheres no grupo de bordado próximo a eles pararam de falar por um instante.

— A esse uivo se seguiu outro, depois mais outro! Era uma alcateia na floresta, querendo devorar minhas ovelhas.

"Eu me levantei e vi os lobos saindo de mansinho do abrigo das árvores. Eles queriam comer as ovelhas, mas antes precisavam dar um jeito em mim. Contei quatro, depois cinco, depois seis... sete lobos gigantes vindo na minha direção, agachadinhos, prontos para saltar.

"Eu me agachei e peguei duas varetas em chamas da fogueira. Eu as ergui no momento que os lobos pularam em mim. Eles estavam famintos e eram fortes, mas eu estava brava por terem perturbado minha noite tranquila, então era uma oponente à altura. Chutei os lobos e balancei as varetas até eles ficarem tão cansados que caíram aos meus pés e dormiram. De manhã, estavam tão envergonhados que saíram de fininho de volta para a floresta, gratos por eu não ter rido da cara deles."

— Olá, crianças! — A sra. Weera entrou depressa no complexo como um vento forte. — A cada vez que você conta essa história, coloca mais um lobo — ela provocou, entrando rapidamente na barraca.

Shauzia ergueu-se num pulo e a seguiu para dentro.

— Sra. Weera, preciso falar com você.

— O Talibã descobriu mais uma das nossas escolas secretas para garotas — a sra. Weera estava dizendo para a assistente —, precisamos ver o que podemos...

— Sra. Weera!

Mas a sra. Weera ignorou Shauzia.

Shauzia sentiu o sólido corpo canino de Jasper ao seu lado, o que a encheu de coragem.

— Sra. Weera, eu quero ser paga! — ela gritou.

Isso chamou a atenção da sra. Weera.

— Você quer ser paga? Para contar histórias? Alguém já ouviu falar de coisa do tipo?

— Não para contar histórias.

A sra. Weera já estava se afastando com aquelas pernas fortes de professora de Educação Física.

— Sra. Weera! — gritou Shauzia. — Eu preciso ser paga!

A sra. Weera voltou.

— Então, o que é exatamente? Você quer ou precisa? Tenho certeza de que todos querem ser pagos, mas todos precisam? E você já não está sendo paga? Não comeu uma refeição hoje? Não dormiu debaixo de um teto?

Não vou recuar dessa vez, Shauzia prometeu a si mesma.

— Falei para você quais eram meus planos assim que cheguei aqui. Falei que precisava ganhar dinheiro, mas você me manteve tão ocupada com seus trabalhinhos que mal tive tempo de procurar um trabalho de verdade.

— Achei que trazer um pouco de conforto para seus compatriotas afegãos em um campo de refugiados poderia ser considerado um trabalho de verdade, para a vida toda.

— "Para a vida toda"! — exclamou Shauzia horrorizada. — Você espera que eu faça isso para o resto da minha vida? Eu não fui embora do Afeganistão para viver no barro! — Ela balançou os braços, apontando para as paredes do Complexo das Viúvas, ciente de que do outro lado delas, nas outras partes do campo de refugiados, as paredes também eram de barro. Talvez o mundo inteiro fosse feito de paredes de barro agora e ela nunca mais conseguisse fugir disso.

A sra. Weera olhou feio para Shauzia.

— Isso não é por causa daquela tolice da França de novo, é?

— Não é tolice.

— Ela acha que vai chegar ao mar, pular num barco, viajar para a França e ser recebida de braços abertos lá — anunciou a sra. Weera para a multidão que se aglomerava para ver o que era aquele rebuliço. Enquanto os outros riam, Shauzia se deu conta de que era isso que mais odiava ao viver em um campo de refugiados: ela não podia nem ao menos ter uma discussão em particular.

— Ela quer passar o resto da vida sentada em um milharal — acrescentou a sra. Weera.

É um campo de lavanda, pensou Shauzia, mas não se incomodou em dizer mais nada. *E não quero passar minha vida lá. Só quero ficar lá por tempo suficiente para tirar o som da sua voz da minha cabeça.*

— Por que não faz o programa de treinamento de enfermeiras que arrumei para você? Em alguns anos, pode ser que consiga trabalhar como assistente e ganhar dinheiro assim. O mar não vai sair do lugar. E, até onde sei, a França também não.

— Em alguns anos? Não posso passar alguns anos aqui! Eu vou enlouquecer! Vou ficar como ela! — Shauzia apontou para a lunática.

Era uma mulher sem nome, que fora encontrada se balançando e resmungando pelas ruas de Peshawar[4]. Trabalhadores humanitários a levaram até o Complexo das Viúvas. Ela ainda se balançava e resmungava, mas, como a sra. Weera dizia, "ao menos aqui ela está a salvo de todos os meninos que davam uma surra nela".

— Cale a boca! — gritou Shauzia para a mulher, incapaz de aguentar mais um segundo do barulho. A mulher a ignorou.

— Tenha respeito ao falar — condenou a sra. Weera com severidade. — Por que não pode ser mais como sua amiga Parvana[5]? Ela sempre era muito respeitosa quando falava.

Parvana gostava tanto de você quanto eu, pensou Shauzia, porém mais uma vez ficou de boca fechada. Tinha se dado conta de que a sra. Weera possuía o talento de ouvir só o que queria.

— Se você não pode me pagar pelo trabalho que faço aqui, preciso ir embora e encontrar um trabalho que me pague com dinheiro.

A voz da sra. Weera ficou mais suave.

— Você não sabe como andam as coisas lá fora. Sempre teve gente cuidando de você. Não vai conseguir sozinha.

[4] Cidade do Paquistão, com mais de 1 milhão de habitantes. É uma das cidades mais antigas da Ásia a ser continuamente habitada. [N. E.]

[5] Protagonista dos livros *A outra face*, *A viagem de Parvana* e *Meu nome é Parvana*. [N. E.]

— O que quer dizer com sempre tive gente cuidando de mim? Eu sempre me cuidei sozinha! Com certeza não foi minha família quem cuidou de mim.

Uma imagem indesejada surgiu na mente de Shauzia, de voltar para casa após um dia de trabalho nas ruas de Cabul para um quarto escuro, pequeno e cheio de gente, com as pessoas perguntando "quanto dinheiro você ganhou hoje?" em vez de "como você está?".

— Por mais defeitos que sua família tivesse, eles esperavam todas as noites que você voltasse para casa. Você ganhava dinheiro para comprar comida para eles, mas eles preparavam a comida para você e davam um teto para você dormir todas as noites. Quando você morava nas montanhas, os pastores cuidavam de você, e agora todos nós no Complexo das Viúvas cuidamos de você.

— Cuidam de mim? Você nem me deu as sandálias que prometeu. Tudo que faz é mandar em mim. Por que não volta para o Afeganistão e vai dar ordens pro Talibã em vez de mandar em mim?

— Shauzia, pare com isso. Você é velha demais para agir como criança.

— Então pare de me tratar como uma! Pare de me tratar como se eu fosse um deles! — Shauzia apontou para as crianças pequenas que acompanhavam boquiabertas a discussão. Ela suspeitava que elas achassem aquilo ainda mais divertido do que a história do lobo.

A sra. Weera respirou fundo e devagar.

— Quer ser tratada como adulta? — ela disse com calma. — Tudo bem, é o que farei. Como adulta, faça sua escolha. Se decidir ficar aqui, fique sem reclamar. Você contribuirá com seu tempo e talentos da melhor forma possível, sem esperar dinheiro em troca, porque entenderá que não há nenhum. Se decidir que a vida aqui não é para você, sabe onde fica o portão principal do acampamento. Já temos problemas suficientes para ajudar aqueles que querem nossa ajuda. Tire alguns dias para pensar nisso e depois me diga o que decidiu.

Shauzia ficou atônita e em silêncio. Ela olhou fixamente para a sra. Weera, e a sra. Weera olhou fixamente de volta para ela.

— Não preciso de alguns dias para pensar — disse Shauzia com frieza, esperando parecer mais corajosa do que se sentia. — Vou embora amanhã e vou encontrar um ótimo emprego, ficar rica, ir para a França e nunca mais voltar para cá!

— Muito bem — disse a sra. Weera baixinho. — Faremos uma festa de despedida para você hoje à noite.

E depois de dizer isso, ela foi embora.

DOIS

Não havia como escapar dos sons do ronco da sra. Weera e, àquela altura, Shauzia já sabia que era melhor nem tentar. Ela costumava cobrir as orelhas com um travesseiro ou se virar e suspirar bem alto, com a esperança de acordar a sra. Weera, mas nada funcionava. A sra. Weera dormia como fazia tudo — com total dedicação — e não perdia tempo se preocupando se estava incomodando alguém.

Às vezes, Shauzia dormia em outra cabana, mas a da sra. Weera lhe proporcionava algo que nenhum outro lugar podia: um pouco de privacidade. Shauzia dormia em um *toshak*[6] estendido sob a mesa. Um cobertor pendurado na lateral da mesa criava um espaço minúsculo e privado.

— Isso não me impede de ouvir o ronco — ela disse a Jasper, que geralmente dormia com ela. — Mas faz com que eu sinta que há um lugar no mundo que é meu.

Shauzia ficou acordada em seu pequeno quarto até tarde da noite, depois que a sra. Weera a deixou no pátio. O resto do dia tinha ido de mal a pior.

Na festa de despedida de Shauzia naquela noite, todos no complexo comeram juntos ao redor da fogueira no pátio. A sra. Weera fez um discurso sobre

[6] Almofada de chão ou colchão estreito comumente usado como cama ou sofá no Afeganistão. [N. E.]

quanto ela havia apreciado todo o trabalho árduo de Shauzia.

— Sei que Shauzia será bem-sucedida em seu objetivo de chegar ao mar e construir uma vida nova e bela na França.

Ela continuou falando sobre como a França era linda e como tinha certeza de que Shauzia se divertiria muito passeando pelos campos de milho. Durante todo o tempo em que ela falara, os punhos de Shauzia estavam cerrados de raiva.

Depois que a sra. Weera terminou seu discurso, as outras mulheres também disseram coisas boas sobre Shauzia: como ela era prestativa e inteligente, e como elas sabiam que ela tinha um futuro brilhante pela frente.

Então as crianças começaram a falar.

— Não vá embora, Shauzia! — gritaram os pequenos, soluçando e se aglomerando em torno dela. — Fique e nos conte histórias!

Shauzia estava furiosa. Ela sabia que a sra. Weera havia organizado aquela festa para que ela quisesse ficar no campo de refugiados.

Então, a sra. Weera disse:

— Tenho boas notícias, Shauzia. Arranjei um emprego para você em Peshawar. Você vai ser empregada doméstica em um projeto de bordado para mulheres e em uma creche. Você pode morar no centro e ganhar o suficiente para ter um pouco de dinheiro e economizar, mesmo depois de pagar o aluguel e a alimentação. Isso não é maravilhoso? Além disso, vou poder visitar você todas as semanas quando me encontrar com o projeto. Amanhã levarei você lá para ajudar a se acomodar.

As outras mulheres aplaudiram e falaram sobre a sorte de Shauzia, mas Shauzia estava furiosa.

Ela continuava furiosa enquanto estava deitada em seu tapete, com os roncos da sra. Weera ao seu redor.

— Ela acha que pode controlar tudo — sussurrou para Jasper. — Ela acha que pode me controlar.

Ela se lembrou de seu primeiro dia no Complexo das Viúvas. Estava perambulando pelo acampamento depois de ter sido deixada lá pelos pastores e foi direcionada ao complexo por um trabalhador humanitário. Assim que passou pela porta e viu a sra. Weera, ela quis voltar atrás, mas era tarde demais.

— Eu sei quem você é! — exclamou a sra. Weera com sua voz alta e estrondosa. Todos no complexo pararam o que estavam fazendo e olharam para Shauzia. — Você é a amiguinha de Parvana.

A sra. Weera era professora de Educação Física e treinadora de hóquei sobre a grama antes de o Talibã fechar todas as escolas para meninas e fazer com que as professoras deixassem seus empregos. Ela morou com a família de Parvana em Cabul por algum tempo. Shauzia se lembrava de como ela era mandona naquela época e não se surpreendeu com o fato de que ainda fosse.

Com aquelas pernas longas, a sra. Weera cruzou o pátio em poucos passos. Parou bem na frente de Shauzia. A menina podia imaginar o que a mulher mais velha via — uma garota magrela, com o rosto marcado por meses de vida ao sol e ao vento, roupas imundas e esfarrapadas, mas com as costas eretas e a cabeça erguida.

— Você está fedendo a ovelha — disse a sra. Weera —, mas podemos dar um jeito nisso. E vejo que ainda parece um menino. Podemos dar um jeito nisso também. — Ela pediu aos gritos para trazerem água quente e roupas de menina.

— Prefiro continuar parecendo um menino — reclamou Shauzia. — Se ficar com cara de menina, não vou poder fazer mais nada.

— Bobagem — retrucou a sra. Weera. Shauzia a ouviria dizer essa palavra muitas vezes. — Aqui não é o Talibã quem comanda. Ah, você tem um cachorro também. — Ela se abaixou e olhou atentamente para Jasper que, esperto, recuou dois passos. — Um cachorro bem-comportado — foi o veredito dela.

Ela se afastou, e Shauzia se permitiu um discreto sorriso de alívio. Dava para perceber que a sra. Weera não se lembrava de como Shauzia ficara brava com ela na última vez em que se encontraram em Cabul.

O sorriso veio cedo demais.

— Você foi embora de Cabul sem nem pensar em como sua família sobreviveria sem você.

— Eles não gostavam de mim! — gritou Shauzia. — Eles viviam discutindo e iriam me casar com um velho que eu nem conhecia, tudo por causa de dinheiro. Eu não significava nada para eles!

— Não se abandona o time só porque o jogo não está indo bem — respondeu a sra. Weera. — Agora, antes de se acomodar, tenho um trabalhinho para você.

Desde então, Shauzia vinha fazendo os trabalhinhos da sra. Weera.

— Não mais — ela disse a Jasper. — E eu também não vou ser a empregada dela. Não preciso de uma casa para dormir. Eu dormia ao relento com os pastores, posso dormir ao relento na cidade. Assim, todo o dinheiro que ganhar poderá ser usado para chegar ao mar.

Ela colocou a mão debaixo do travesseiro, onde guardava seu bem mais valioso — uma foto de um campo de lavanda da França que tirara de uma revista. Não conseguia ver a foto na escuridão, mas se sentia melhor ao segurá-la.

Era lá que ela precisava estar: em um campo de flores roxas, onde ninguém poderia incomodá-la. Ela se sentaria ali até tirar toda aquela confusão da cabeça, até que o fedor do campo de refugiados saísse de suas narinas. Quando se cansasse disso, iria para Paris e se sentaria no topo da Torre Eiffel, até que a amiga Parvana se juntasse a ela, como haviam prometido uma à outra. Elas passariam o resto dos dias tomando chá, comendo laranjas e tirando sarro da sra. Weera.

Ela se apoiou nos cotovelos.

— Vamos embora hoje à noite — contou para Jasper. Ele abanou a cauda, e aquele foi todo o incentivo de que ela precisava.

Ela se levantou e remexeu no canto de seu quartinho até encontrar o embrulho com as roupas de menino, vestindo-as em seguida. Depois, pegou um punhado de cabelo e, usando a tesoura que estava na mesa, cortou e cortou até que seus cabelos estivessem curtos de novo. Colocou o boné, jogou o xale em volta do pescoço e pegou a bolsa a tiracolo. Ela não tinha nenhum outro pertence.

Resistindo à vontade de gritar "Adeus!" no ouvido da sra. Weera, Shauzia saiu sem fazer barulho, com Jasper logo atrás.

Passaram pela cabana usada para o treinamento de bordado e pela cabana usada para ensinar as mulheres mais velhas a ler. Esses lugares serviam também de dormitórios para algumas famílias.

Shauzia entrou na cabana em que os alimentos ficavam armazenados. Não havia muita coisa lá, mas ela pegou os poucos pedaços de *nan*[7] que sobraram das refeições do dia e embrulhou um pouco de arroz cozido frio em um pedaço de pano. Ela colocou a

[7] Tipo de pão achatado e redondo, assado no forno. [N. E.]

comida e uma pequena garrafa plástica de água em sua bolsa a tiracolo.

De volta ao pátio, olhou uma última vez para o complexo. O silêncio pairava, exceto pelo som do ronco da sra. Weera e, mais ao longe, o som de alguém chorando do lado de fora do Complexo das Viúvas.

Não havia motivo para ficar.

O acampamento estava escuro, e Shauzia começou a se arrepender da decisão de sair no meio da noite. Mas, antes que pudesse se convencer disso, ela se virou, atravessou a porta do complexo e continuou sua jornada rumo ao mar.

TRÊS

Uma buzina soou logo atrás, bem alta. Shauzia pulou para sair do caminho e um enorme caminhão passou por ela. A fumaça do escapamento a fez tossir.

Jasper ficou perto das pernas dela, tão perto que ela mal conseguia andar. Podia sentir que ele tremia.

— Está tudo bem, Jasper — ela disse, dando-lhe um tapinha, mas ela mesma estava se sentindo muito trêmula.

Estava escuro quando eles saíram do campo de refugiados, e os dois continuaram andando até o amanhecer. Àquela hora, o dia já estava em pleno funcionamento e, quanto mais se aproximavam da cidade mais perto, Peshawar, mais o trânsito ficava maluco.

A rodovia estava entupida com veículos de todos os tipos. Havia ônibus tão cheios que os homens se agarravam à parte de fora e pequenos carros de três rodas que pareciam brinquedos entrando e saindo do trânsito. Todos estavam pintados com cores vivas, com muitas tonalidades e desenhos. Havia vans brancas, táxis e carros comuns. Para Shauzia, parecia que todos estavam buzinando ao mesmo tempo.

Eles dividiam a estrada com motocicletas transportando famílias inteiras e com bicicletas carregadas de pacotes. Havia carroças puxadas por cavalos, burros, búfalos e até um camelo. Shauzia observou um homem idoso usar toda a força que tinha para pedalar uma bicicleta carregada de madeira. A bicicleta balançava e balançava, e ele quase foi atropelado por um ônibus que passava.

Era um pouco demais. Shauzia levou Jasper para um local abrigado pela sombra de uma árvore. Eles se sentaram e observaram o tráfego passar depressa enquanto recuperavam o fôlego.

— Eu me pergunto se a gente cometeu um erro ao vir para cá — comentou Shauzia. — Não achei que seria tão barulhento. Não achei que seria tão... confuso.

Ela coçou atrás de uma das orelhas de Jasper, mais para o próprio conforto do que para o dele.

— Talvez tivesse sido melhor ficar com as ovelhas — ela disse. — Pelo menos o ar era mais fácil de respirar e não era tão quente. Além disso, o mar fica muito longe. E se não conseguirmos chegar lá? Ficaremos presos aqui.

Jasper cutucou a mão dela para que continuasse a coçá-lo.

— Você acha que vamos conseguir? — ela perguntou. Ele abanou o rabo e lambeu o rosto dela.

Shauzia tirou a foto do campo de lavanda do bolso e olhou para ela pelo que deveria ser a milionésima vez.

— É para lá que eu vou — ela disse, mais para si mesma do que para Jasper. — E para chegar lá, primeiro preciso estar aqui.

Ela colocou a foto de volta no bolso, levantou-se e respirou fundo, inspirando a fumaça de gasolina.

— Vamos embora — ela disse a Jasper. Depois sorriu. — Vou fingir que sou um guerreiro poderoso, como Gêngis Khan[8], que conquistou o Afeganistão. Vou invadir esta cidade insignificante, e nada ficará em meu caminho!

---

[8] Conquistador mongol (1162-1227) que formou um vasto império que se estendia da China à Pérsia. [N. T.]

Ela voltou para a rodovia com o que imaginava ser uma postura de Gêngis Khan, recebeu outra buzinada e retomou sua jornada ao longo da estrada. Voltou a ser apenas Shauzia, mas pelo menos estava seguindo em frente.

— Eu me lembro de caminhões e carros em Cabul — contou para Jasper, mantendo a mão na cabeça dele para tranquilizá-lo. Ele ainda estava tremendo. — Tudo o que você conhece são ovelhas, mas não se preocupe. Vai se acostumar com isso.

Jasper não tinha tanta certeza. Ele pulava ao som de cada buzina ou barulho alto. Shauzia temia que ele ficasse assustado e corresse em direção ao trânsito em vez de fugir dele. Quando viu um pedaço de barbante azul no chão, ela o pegou, amarrou parte dele no pescoço de Jasper e usou o resto como guia para a coleira improvisada.

— É para seu próprio bem — ela explicou. — Só até você não ter mais medo.

Jasper arranhou a corda duas vezes. Em seguida, lambeu a bochecha de Shauzia e eles começaram a andar de novo.

— Há tantos afegãos aqui que parece Cabul — ela disse.

Até mesmo o mercado parecia o mercado de Cabul, com frutas empilhadas em plataformas externas e cabras esfoladas penduradas em ganchos. Os açougueiros estendiam jornais sobre elas para afastar as moscas.

No entanto, duas coisas eram diferentes. Uma delas era que, embora algumas mulheres usassem a burca[9], outras tinham o rosto à mostra e ninguém as espancava por isso.

A outra coisa diferente era que todos os edifícios estavam intactos. Nenhuma bomba havia caído ali.

---

[9] Vestimenta longa, semelhante a uma tenda, usada por mulheres. Cobre todo o corpo e tem uma tela de malha estreita sobre os olhos. [N. T.]

Shauzia vivera em meio a escombros de bombas durante toda a sua vida. Era estranho não ver nenhum agora.

— Devem ter muitas formas de ganhar dinheiro por aqui. — Shauzia duvidava que Jasper pudesse ouvi-la em meio ao barulho da multidão, mas falou com ele mesmo assim, só para ter alguém com quem conversar.

Ao seu redor, rapazes da idade dela e mais jovens estavam trabalhando. Ela os viu em oficinas de conserto de automóveis, martelando metais em uma ferraria, vendendo laranjas em um carrinho e carregando bandejas de chá. Ela viu meninos pendurados nas laterais dos ônibus. Eles desciam e pressionavam os clientes, pegando o dinheiro deles, depois voltavam para a grade quando o ônibus se afastava do meio-fio. Ela passou por um canteiro de obras e viu garotos cobertos de terra, conduzindo burros carregados de tijolos.

Os idiomas giravam em torno dela. Shauzia reconheceu os idiomas afegãos — pachto, dari e usbeque — e ouviu outros, que pensou serem os idiomas paquistaneses.

A multidão ficou mais densa, e Shauzia segurou com força a coleira de Jasper.

Um rio fétido e lento dividia os dois lados do mercado. Shauzia viu lojas que vendiam joias e produtos enlatados. Viu uma loja que vendia apenas burcas, enfileiradas nas paredes, penduradas como fantasmas azuis. Por toda parte havia pessoas vendendo produtos em bandejas e carrinhos ambulantes chamados *karachis*.

Shauzia andou pelo mercado, olhando para todas as lojas e tentando se imaginar trabalhando nelas. Quando estava cansada demais para continuar andando, encontrou um lugar no chão, sob a sombra de um prédio, e se recostou na parede. Jasper sentou-se ao lado dela. Ela pegou a garrafa plástica, bebeu um pouco de água e colocou um pouco na mão para Jasper. Eles dividiram um pedaço do pão que ela havia trazido do acampamento. Em seguida, cada um bebeu mais água, para engolir o pão.

Foi bom comer e beber. Shauzia se sentia exausta, então fechou os olhos para descansar.

— Este lugar é meu.

Shauzia abriu os olhos. À sua frente, estava uma mulher coberta por uma burca.

— Este lugar é meu — repetiu a mulher. — Venho aqui todos os dias.

— Só estou sentada — respondeu Shauzia.

— Vá se sentar em outro lugar.

Cansados demais para discutir, Shauzia e Jasper se levantaram.

A mulher tomou o lugar dela.

— Me ajudem — implorou a um transeunte que a ignorou. — Só uma ou duas rupias[10]! — gritou para outro.

— Ganha muito dinheiro dessa forma? — perguntou Shauzia.

— Umas dez rupias por dia.

— Isso é muito?

— É o suficiente para manter meus filhos com fome.

— Quem sabe se você levantar a burca para as pessoas poderem te ver... — sugeriu Shauzia.

— E o que é que você sabe sobre essas coisas? — retrucou a mulher com raiva. — Eu tapo a cara quando peço esmola para que ninguém veja minha vergonha. Era gerente de um escritório no Afeganistão. Eu me formei na faculdade. E agora, olhe para mim! Ou melhor, não olhe para mim! Caia fora!

Shauzia ficou ali parada por alguns instantes, sentindo-se constrangida por ter ferido os sentimentos da mulher e zangada por ter sido obrigada a se

[10] Moeda paquistanesa. Até 2024, 1 real brasileiro equivalia por volta de 55 rúpias paquistanesas. [N. E.]

levantar quando estava confortável. Por fim, sem saber o que fazer com a vergonha e a raiva, saiu dali, seguida por Jasper.

A mulher a assustara. Se alguém que tinha frequentado a universidade estava reduzida à mendigagem, que esperança Shauzia poderia ter?

Ela se ajoelhou ao lado de Jasper e fingiu mexer na coleira dele. Mantinha a cabeça baixa para que ninguém a visse chorar.

— Não gostei daqui — sussurrou.

Jasper lambeu as lágrimas dela. Shauzia o abraçou. Depois se levantou e continuou andando.

Havia muitas pessoas pedindo esmola no mercado. Algumas eram mulheres, cobertas e descobertas. Outros eram doentes com os membros retorcidos. E outros mais eram crianças da idade dela. As pessoas passavam pelas mãos estendidas dos pedintes como se eles fossem invisíveis.

— As pessoas para quem pedem dinheiro parecem tão pobres quanto eles — comentou Shauzia.

Ela virou de costas. Era doloroso demais ver aquilo.

Eles voltaram a caminhar pelo mercado.

Tenho que pedir trabalho a alguém, pensou. Mas sempre que se aproximava de um comerciante, sentia-se tímida demais para o fazer.

"Não vai conseguir sozinha", a sra. Weera havia dito. Shauzia se lembrou de como todos riram.

Ela respirou fundo e se dirigiu à loja mais próxima, uma livraria.

— Me dê um emprego! — exigiu ao homem que estava atrás da pilha de livros.

Logo a enxotaram daquela loja e de quatro outras a que foi.

O dia estava acabando. O mercado continuava aberto depois de escurecer, mas as lâmpadas penduradas aqui e ali em postes e fios criavam sombras estranhas e assustadoras nas ruas. Shauzia e Jasper espremeram-se numa alcova entre as lojas. Pelo cheiro, ela percebeu que estavam dividindo o espaço com frutas em decomposição e outros lixos, mas ao menos estavam longe das vistas das pessoas, carros e sombras.

Encostou-se à parede, sentiu saudade do ronco da sra. Weera e adormeceu sentada.

Shauzia acordou em uma manhã cinzenta, com a cabeça apoiada em uma pilha de repolhos apodrecidos. Jasper já estava acordado, mastigando algo que havia encontrado no lixo.

Ela se levantou, e eles foram até uma torneira que tinha visto no mercado. Ela jogou água no rosto e os dois tomaram um longo gole. A água ajudou a encher a barriga... por um tempo.

Ela passou o dia procurando trabalho. Muitos comerciantes disseram que ela era suja demais para trabalhar em suas lojas. Outros já tinham toda a ajuda de que precisavam.

O sol estava começando a se pôr quando ela passou por um açougue que quase não tinha carne e estava cheio de sujeira e sangue seco.

— Sua loja precisa de limpeza — disse ela ao açougueiro, que estava sentado em um banquinho na porta e bebendo uma xícara de chá. — Eu poderia limpar.

O açougueiro engoliu um gole de chá, olhou-a de cima a baixo e disse:

— Isso é trabalho de homem. Você é um menino pequeno. Caia fora.

Shauzia não se mexeu.

— Eu posso limpar sua loja — disse ela de novo. Levou as mãos à cintura e olhou direto nos olhos dele. Estava com fome e cansada e não estava a fim de aguentar palhaçada.

O homem bebeu mais um pouco de chá e bochechou antes de engolir.

— É um belo cachorro — disse ele por fim, apontando para Jasper com a cabeça. — Parece estar com fome.

É claro que ele está com fome, pensou Shauzia. *E eu também.*

— Espere.

O açougueiro entrou na loja e reapareceu com pedaços de carne embrulhados no jornal.

— Essa carne é boa — disse o açougueiro, esfregando as orelhas de Jasper enquanto o cachorro engolia a carne. — Carne das boas para um cachorro dos bons. — O homem se levantou. — Esteja aqui de manhã cedo. Você vai ter metade do dia para trabalhar na limpeza da loja. Se fizer um bom trabalho, será pago. Se fizer um mau trabalho, mando você embora. — Ele desapareceu dentro da loja, mas voltou um momento depois. — Pode trazer seu cachorro — disse ele, antes de sumir de vez.

— Obrigado — disse Shauzia atrás dele. Ela se ajoelhou e abraçou Jasper. — Eu tenho um emprego! — Ela teve vontade de cantar.

Precisava comer alguma coisa. Assim que Jasper terminou de comer a carne, eles foram até a padaria, que estava começando a fechar.

— Se você me deixar comer um pedaço de pão hoje à noite, posso pagar por ele amanhã — disse ela. — Terei um emprego pela manhã.

O padeiro pegou um *nan* de uma pequena pilha e o jogou para Shauzia. Ela não estava esperando e o pão caiu na terra. Ela o pegou depressa.

— Quanto devo pagar amanhã?

— Caia fora, mendigo. Já lhe dei comida, agora suma daqui.

O rosto de Shauzia ardeu de vergonha. Ela não era uma mendiga.

Ela abriu a boca para dizer algo, mas mudou de ideia. Poderia precisar de pão de graça numa próxima vez.

Ela dividiu o pão com Jasper. Depois, os dois beberam um copo de água da torneira. A comida caiu bem em seu estômago.

O mercado estava silencioso, todas as barracas estavam fechadas. Shauzia viu pessoas dormindo nas sombras e nas portas.

Ela e Jasper voltaram ao açougue. Ele também estava fechado. Eles se acomodaram no vão da porta.

— Assim, terei certeza de que chegarei a tempo ao trabalho pela manhã — ela disse.

A porta tinha um cheiro estranho, mas ela estava tão cansada que caiu no sono.

QUATRO

Shauzia acordou com o som do açougueiro destrancando a grade de ferro da loja.

— Seu cachorro vai ficar com muito calor aqui fora — disse ele. — Leve-o para os fundos. Tem uma panela na prateleira. Coloque um pouco de água para ele.

Shauzia e Jasper seguiram o açougueiro pela loja até um pequeno pátio de cimento nos fundos. Havia espaço suficiente sob um toldo para Jasper se esticar na sombra.

Shauzia encontrou a panela, encheu-a de água e a levou para Jasper.

— Espere por mim aqui — disse ela. — Se eu fizer um bom trabalho, talvez ele dê mais carne para você, ou pelo menos alguns ossos para você mastigar.

— Limpe a loja — ordenou o açougueiro. Ele lhe mostrou onde estavam guardados o balde, as escovas e o produto de limpeza. — Vou sair para tomar meu café da manhã agora. Voltarei em breve para ver como está tudo.

Shauzia começou a trabalhar. Ela trabalhou depressa, lavando as prateleiras vazias e as bandejas onde a carne seria colocada quando fosse entregue. O sangue seco não a incomodava. Um de seus trabalhos como pastora era recolher o esterco das ovelhas e fazer bolas com ele, para serem usadas como combustível quando os pastores não conseguiam encontrar lenha. Aquele trabalho sim era nojento. Sangue seco não era nada.

Se o homem gostasse do trabalho dela, talvez tivesse outros serviços para oferecer.

O desinfetante que ele lhe disse para usar tinha um cheiro forte, mas cheirava a limpeza. Então Shauzia teve uma ideia.

Ela levou o balde para o pequeno pátio murado, tirou a roupa, lavou-se toda com a água limpa e cheirosa e, em seguida, lavou as roupas depressa também.

— Sei que estou com uma cara bem estranha — disse para Jasper enquanto vestia a camisa depois de torcê-la, mesmo que ainda estivesse molhada. — Vai secar, mas agora estou limpa o suficiente para que as pessoas me contratem.

Ela voltou ao trabalho.

— Vejo que jogou um pouco de água em você mesmo — comentou o açougueiro quando voltou do café da manhã. Ele apontou com a cabeça para o trabalho que ela havia feito e serviu-lhe uma xícara de chá da garrafa térmica que havia enchido na loja de chá. — Pegue um pouco de pão — falou ele, apontando para uma pequena pilha de pães embrulhados em um jornal.

Shauzia rasgou um pão ao meio e levou metade para Jasper, que o engoliu e depois farejou o chão em busca de mais.

— Talvez mais tarde — disse ela, e ele abanou o rabo.

Quando acabou de trabalhar, o calor da manhã já estava quase secando suas roupas.

— Você tem mais algum trabalho para mim hoje? — perguntou.

— Hoje não. Não abro hoje, por isso não tem entregas nem clientes. Você é bem esforçado. Talvez eu tenha trabalhos para você de vez em quando. Eu disse talvez — ele acrescentou quando o rosto de Shauzia se iluminou. — Vá buscar seu cachorro, e eu pagarei você.

Shauzia pegou Jasper.

O açougueiro tirou uma nota de dez rupias de um maço de notas que tinha no bolso. Ele hesitou por um momento, depois acrescentou mais dez rupias.

— Pegue o resto do pão — disse ele. Ela o fez.

— Veja — ela mostrou a Jasper. — Três pães. Comeremos como reis hoje e ainda teremos um pouco para amanhã. Comida, dinheiro e roupas limpas, e acabamos de chegar à cidade! Isso vai ser moleza.

Mas ela não teve mais sorte naquele dia, nem no seguinte. No outro dia, suas sandálias se desmancharam.

Ela as amarrou com um pedaço de barbante que encontrou no chão, mas isso só durou metade do dia. Não eram apenas as tiras que estavam quebradas, uma das solas estava tão desgastada que Shauzia sentia a calçada ao andar.

— Não posso continuar assim — ela disse, olhando para a confusão que seu pé havia se tornado.

Eles ficaram sentados no acostamento da estrada por um bom tempo, pensando no que fazer.

No meio da tarde, um vendedor ambulante com um *karachi* cheio de sandálias de borracha passou lentamente por ela.

— É disso que eu preciso!

Shauzia pediu ao vendedor que parasse e caminhou com cuidado até ele, os pés descalços sensíveis à calçada quente.

— Quanto custa um par de sandálias? — ela perguntou.

O vendedor disse o preço. Era mais do que Shauzia tinha no bolso.

— Não tenho o suficiente.

Ela sentiu vontade de chorar. Seus pés descalços ardiam. Ela teve que pular de um pé para o outro.

O vendedor a observou por um momento e depois vasculhou o fundo de seu *karachi*. Por fim, ele lhe entregou várias sandálias sem pares.

— Experimente estas — ele disse.

Shauzia experimentou-as até encontrar uma sandália que se encaixasse em cada pé. Uma era marrom e a outra era verde.

— Por que você tem todas essas sandálias sem pares? — ela perguntou.

— Pessoas com uma perna só também precisam de sandálias — ele respondeu.

— Quanto custam essas?

— Quanto você tem?

Shauzia lhe mostrou o dinheiro que tinha no bolso.

— Isso serve — disse ele. E pegou todo o dinheiro.

Agora ela tinha sandálias, mas não tinha dinheiro.

— A culpa é toda da sra. Weera — ela disse para Jasper enquanto observavam o homem das sandálias ir embora com o carrinho. — Se ela tivesse comprado sandálias novas para mim, como deveria ter feito...

Shauzia não completou o pensamento. De repente, pareceu perda de tempo culpar a sra. Weera. Nunca havia dinheiro no complexo para coisas como sandálias.

— O que eu faço com isso? — perguntou ela para Jasper, erguendo as sandálias velhas e rasgadas. Decidiu deixá-las na calçada. Colocou-as no chão, mas deu apenas alguns passos antes que um jovem rapaz se abaixasse e as pegasse.

Talvez tivesse sido melhor guardar as sandálias, no fim das contas.

Nas primeiras noites, Shauzia dormiu em um local diferente a cada noite em Peshawar. A cidade nunca era tranquila naquela hora do dia. Sempre havia sons de tiros, discussões e caminhões. Havia sons que poderiam ser de choro ou de riso, era difícil distinguir às vezes.

Quando as pessoas passavam, a ignoravam ou a encaravam. Às vezes, jogavam lixo nela. Ela dizia a si mesma que era porque não tinham reparado nela ali. Mas quanto mais isso acontecia, mais difícil era acreditar.

Um dia, depois que ela e Jasper já estavam em Peshawar há mais de uma semana, Shauzia encontrou um bom lugar para dormir entre dois prédios, em uma rua tranquila. Era uma espécie de prateleira, grande o suficiente para ela e Jasper deitarem.

— Esse será um bom lar para nós — comentou com Jasper.

Em um depósito de lixo próximo, encontrou uma caixa de papelão velha. Ela a rasgou e usou os pedaços para forrar a prateleira de cimento.

Ela se sentou no papelão para testar a sensação.

— Ninguém vai dormir mais confortável do que a gente nesta cidade — brincou com Jasper, que se juntou a ela na cama abanando o rabo.

Shauzia intensificou a busca por um emprego. Fez muitos trabalhos diferentes, alguns que duraram dias, outros apenas algumas horas. No mercado de tecidos, com arco-íris de malhas penduradas sobre a passarela como uma floresta multicolorida, ajudou a descarregar rolos de pano e separou botões em potes.

Ela trabalhou mais algumas vezes para o açougueiro, limpando a loja de novo, e um dia colocou cabeças de ovelha na mesa do lado de fora do açougue. Ele deu um osso de bom tamanho para Jasper no final daquele dia e a recomendou a um amigo que tinha uma mercearia, onde ela conseguiu um dia de trabalho, limpando o local.

A todo lugar que ia, via grupos de crianças pequenas arrastando sacos plásticos azuis, vasculhando o lixo.

— Vou fazer isso se for preciso — disse ela para Jasper —, mas não vejo como poderia ganhar mais dinheiro dessa forma.

Ela conseguiu alguns dias de trabalho como menino do chá enquanto o entregador de sempre da loja de chás estava doente. Já havia feito o mesmo trabalho em Cabul, entregando bandejas de chá em canecas de metal para comerciantes que não podiam sair de suas lojas para fazer uma pausa. Ela também era boa nisso e conseguia percorrer depressa as ruas estreitas do mercado sem derramar uma gota sequer. Em todos os lugares aonde levava a bebida, perguntava se havia trabalho para ela. Ela foi recompensada com um emprego de varredora em um depósito de móveis.

Um dia, em vez de procurar trabalho, ela foi até a estação de trem.

— Algum desses trens vai para o mar? — perguntou ao homem atrás do guichê de passagens.

— Você quer ir para Karachi[11] — disse o homem.

— Karachi — repetiu Shauzia. — Como o carrinho. É caro?

— Ida e volta?

— Só ida.

O vendedor lhe disse o preço. Era muito, muito mais do que ela havia guardado em sua bolsa de dinheiro. Ela agradeceu e saiu. Estava quase de volta às ruas quando algumas pessoas que viajavam lhe deram algumas rupias para ajudá-las a carregar suas trouxas.

Depois disso, nos dias em que não tinha outro trabalho, ela ia até a estação de trem e carregava as malas das pessoas em troca de gorjetas. Não podia ir

---

[11] Cidade mais populosa do Paquistão, localizada no sul do país. É o centro financeiro, comercial e portuário paquistanês. [N. E.]

até lá com frequência, pois os homens que trabalhavam como carregadores a afugentavam logo que a viam.

Era melhor assim. Achava difícil ficar na estação, vendo outras pessoas entrarem nos trens, partindo para uma viagem.

Quando seria a vez dela?

— Eu cobro mais barato do que os outros carregadores — disse ela a Jasper em uma noite. — Um dia, alguém vai cobrar mais barato do que eu e não poderei mais trabalhar lá. O problema é que somos muitos afegãos aqui, e todos nós precisamos de dinheiro.

A cada noite, ela colocava mais rupias na bolsa pendurada em seu pescoço. A cada noite, ela se aproximava um pouco mais do mar.

Um dia, ela viu o próprio reflexo na vitrine de uma loja. Seu cabelo estava ficando comprido. Ela estava começando a se parecer com uma menina de novo.

Foi a um dos barbeiros que ficavam na beira da calçada. Ela se sentou no pedaço de papelão que ele havia colocado sobre o cimento para que os clientes ficassem mais confortáveis. Ao lado dele, em uma caixinha, estavam as tesouras, pincéis e lâminas de barbear e um pequeno espelho para que as pessoas pudessem conferir o trabalho quando ele terminasse.

— Gostaria de raspar o cabelo — disse Shauzia a ele, e eles combinaram um preço. Assim, ela não precisaria cortá-lo de novo por um bom tempo.

Enquanto trabalhava, o barbeiro brincou com a possibilidade de fazer a barba de Jasper também. As piadas não eram muito engraçadas, mas fizeram Shauzia se sentir melhor por ficar sem o cabelo.

Ela evitou olhar para o próprio reflexo depois disso, mas sua cabeça estava muito mais fresca.

Quando chegasse à França, deixaria o cabelo crescer de novo, prometeu a si mesma.

Todas as noites, ela usava o que ganhara no dia para comprar comida e dividir com Jasper. Nos dias difíceis, quando não ganhava muito dinheiro, comprava só pão. Nos dias melhores, ela comprava hambúrgueres de carne de um vendedor ambulante, depois de vê-lo cozinhar a carne moída temperada em frigideiras enormes e redondas sobre o fogo.

Às vezes, uma mercearia para a qual trabalhava lhe dava frutas junto ao pagamento. Esse era um presente especial. Além disso, Jasper sempre usava o faro para encontrar coisas para comer na rua.

Todas as noites, quando o céu estava escurecendo, ela se sentava com Jasper em seu pequeno espaço e contava a ele sobre o mar, até que ambos estivessem prontos para dormir. Ela se sentia solitária, mas geralmente estava cansada demais para passar muito tempo pensando nisso.

Certa noite, Shauzia acordou em um susto pelo som de Jasper latindo. Ela abriu os olhos e viu luzes brilhando intensamente em sua prateleira.

Ela tentou se sentar, mas Jasper estava bem em cima dela, latindo e rosnando.

Ela sentiu que algo a agarrava e tentou se afastar. As vozes raivosas de homens chegavam a seus ouvidos por meio dos latidos de Jasper. Toda vez que eles tentavam segurá-la, eram impedidos por suas mandíbulas e dentes pontiagudos.

— Vamos voltar com uma arma e matar esse cachorro — disseram os homens. — Fique aqui esperando.

Eles riram e foram embora. Jasper cheirou Shauzia, lambeu seu rosto e depois se deitou sobre a barriga dela.

Shauzia agarrou Jasper e se esforçou para respirar em meio ao pânico.

— Temos que sair daqui — disse ela, empurrando-o gentilmente para o chão.

Eles saíram do beco. Shauzia estava tremendo tanto que mal conseguia andar e se agarrou ao pelo de Jasper como forma de apoio.

Eles continuaram andando pelo resto da noite e evitaram todas as pessoas que viam.

CINCO

Shauzia e Jasper caminharam até o céu ficar claro. Exaustos, perderam as forças na porta de uma loja de armas na moderna rua principal do Saddar Bazaar[12]. Conseguiram dormir um pouco até serem expulsos pelo proprietário, quando ele veio abrir a loja.

A cabeça de Shauzia estava pesada pelo sono não dormido. Ela esbarrava nas pessoas o tempo todo, tropeçando nos desníveis da calçada. Certa vez, ela se chocou contra uma banca de jornais, quase derrubando a mesa cheia de papéis.

— Olhe por onde anda! — cuspiu o jornaleiro furioso para ela. Ele deu um chute em Jasper. Jasper rosnou para ele.

Shauzia puxou o cachorro para longe, e eles esbarraram em um negociante de antiguidades afegão, que estava colocando suas mercadorias do lado de fora da loja. Ele também gritou com os dois.

— Não gosto daqui — disse Shauzia a Jasper, ajoelhando-se para acariciá-lo e acalmá-lo.

Ela enfiou o rosto no pelo macio dele e sentiu seu cheiro bom de cachorro. O mundo estava cheio

[12] Mercado tradicional encontrado em várias cidades do Paquistão. *Saddar* geralmente se refere ao centro ou área principal de uma cidade, enquanto *Bazaar* significa mercado. Portanto, um Saddar Bazaar é tipicamente um mercado central, onde uma variedade de bens e serviços são oferecidos. [N. E.]

de adultos mal-humorados, e o que ela mais queria era nunca mais ter que ver nenhum deles.

Eles continuaram andando. Shauzia só queria se sentar em algum lugar e ficar quieta, mas toda vez que se sentava, era mandada embora.

Ela saiu da rua principal, vagando pelas ruas estreitas e escuras do mercado mais antigo. Por fim, voltou para a luz do sol, onde o bazar terminava junto aos trilhos do trem.

Havia muitas pessoas ali também, mas estavam espalhadas, não tão apertadas como nas lojas. Shauzia sentiu que podia respirar um pouco. Ela e Jasper se viraram e caminharam ao longo dos trilhos.

Um pequeno rebanho de cabras e ovelhas de cauda gorda espiavam entre as ervas daninhas. Famílias afegãs haviam montado abrigos rudimentares na terra ao lado dos trilhos. Um vendedor de roupas usadas paquistanês exibia para os clientes suéteres rasgados do Mickey Mouse e saias de *tweed* em grandes folhas de plástico. O ar cheirava a escapamento, excrementos e fumaça de pequenas fogueiras espalhadas aqui e ali.

Um grupo de crianças afegãs vasculhava um monte de lixo, arrastando grandes sacos azuis. Shauzia os observou dos trilhos por algum tempo. Jasper abanou o rabo e puxou a coleira, então ela o soltou. Ele trotou até as crianças, abanando o rabo e empurrando-as com o focinho, querendo ser acariciado.

Shauzia ficou observando de longe enquanto as crianças — quatro meninos e uma menina — cumprimentavam Jasper. A menina ficou assustada no início, pois Jasper era tão alto quanto ela, mas ele lambeu seu rosto e ela deu uma risadinha. Shauzia percebeu que ela não estava mais com medo.

— O nome dele é Jasper — ela disse, saindo dos trilhos e juntando-se às crianças. — É um antigo nome persa.

— Ele sabe fazer truques? — perguntou um dos garotinhos.

— É claro que sim. Ele é um cachorrinho muito inteligente. Jasper, sente! — Shauzia o orientou em seus truques. As crianças deixaram seus sacos de lado enquanto brincavam com ele, jogando um pedaço de pau para ele perseguir e pegar.

Dois dos meninos pareciam ter mais ou menos a idade de Shauzia. Os outros dois eram mais novos, talvez com oito ou nove anos. Shauzia achava que a menina parecia ter uns cinco anos. Ela e o menor dos meninos estavam descalços. Shauzia se perguntava como eles aguentavam.

Ela se perguntou o que eles estavam procurando no lixo e pegou um dos sacos para dar uma olhada.

— Isso é meu! Está tentando roubar? — Um dos meninos mais velhos a empurrou com força para longe da sacola dele. Shauzia caiu de costas no chão, esmagando pedaços de cascalho na palma das mãos.

Jasper estava ao lado dela em um instante, latindo para o garoto.

— Eu não estava roubando — insistiu Shauzia. — Só queria ver que tipo de coisas você estava colecionando. — Ela deu tapinhas longos e lentos em Jasper para acalmá-lo.

Ela se levantou. Jasper parou de latir. A menina se aproximou para acariciá-lo, e ele abanou o rabo de novo.

— Você nunca pegou lixo antes? — perguntou o menino que a havia empurrado.

— Eu tenho cara de catadora de lixo? — retrucou Shauzia, se recompondo. — Eu trabalho.

— Em quê?

— Em bons empregos.

— Então, por que não vai fazer seu trabalho e para de tentar roubar nossas coisas?

Shauzia chutou a sacola de lixo do garoto.

— Não há nada aí que valha a pena roubar.

— Você chama isso de nada? — Ele pegou a sacola e retirou itens, agitando-os sob o nariz de Shauzia. — Três garrafas plásticas, um jornal inteiro e duas latas vazias. Isso é melhor do que você poderia encontrar!

— É o que veremos — respondeu Shauzia.

— Essa é a nossa pilha de lixo — disse outro garoto. — Por que a gente iria compartilhar com você?

— Meu cachorro é um cão de guarda — disse Shauzia. — Ele vai atacar qualquer um que tentar nos incomodar.

O garoto que havia empurrado Shauzia tinha hematomas no rosto, como se tivesse participado de outras brigas recentemente.

— Um cão de guarda — disse ele. — Ele não parece tão feroz. — Mas ele se manteve longe enquanto falava.

— Se não tem medo, então faça carinho nele — disse Shauzia.

— Tudo bem, eu vou. — O garoto se abaixou e estendeu a mão.

Jasper rosnou, e o menino se afastou.

— Está tudo bem, Jasper — disse Shauzia, colocando a mão no ombro do garoto. — Anda, faça carinho nele — disse ela. — Agora que ele sabe que você é meu amigo, não vai machucar você.

O menino estendeu a mão. Jasper cheirou-a e depois empurrou a mão com o focinho.

— Eu estava dormindo no beco ontem à noite — contou Shauzia. — Alguns homens tentaram me pegar. Jasper os afugentou.

— Seu cachorro também protegeria a gente? — perguntou a menina.

— Claro que sim. Ele adoraria, não é mesmo, Jasper? — Jasper já estava abanando o rabo com toda a força que tinha.

— Meu nome é Zahir — disse o garoto com o rosto machucado.

Os outros meninos se chamavam Azam, Yousef e Gulam, e o nome da menina era Looli.

— Eu sou Shafiq — disse Shauzia, dando a eles seu nome de menino.

— Um garoto que conheço foi levado por homens como esses — comentou Zahir. — Eles ficaram com ele e cortaram algo de sua barriga antes de soltá-lo.

— Ele ainda estava vivo? — perguntou Shauzia.

— Ele ficou vivo por um tempinho — respondeu Zahir.

— Depois morreu — acrescentou Yousef.

— Anda — disse Zahir. — Pode dar uma olhada na minha sacola.

Shauzia olhou para a coleção de papelão, jornal, garrafas e latas.

— Nós vendemos para um vendedor de sucata — explicou Zahir.

— Nem tudo — disse Gulam. — As coisas que queimam, levamos para casa para cozinhar nossas refeições.

— Vocês têm família? — perguntou Shauzia.

— Gulam e Looli moram com a família do tio — comentou Yousef. — O resto de nós não tem ninguém.

— Eu também — lamentou-se Shauzia. — Quanto dinheiro vocês ganham?

— Talvez cinco rupias. Talvez dez. Você pode vir com a gente, se quiser — constatou Zahir.

As crianças voltaram ao trabalho. Shauzia percebeu a sorte que tivera ao encontrar os empregos que encontrara. Ela se juntou a eles enquanto vasculhavam o que as pessoas haviam jogado fora.

Ela começou a remexer o lixo com o pé.

— Assim não — disse Looli. Ela estava mastigando alguns cones secos que uma sorveteria havia descartado. — Você tem que usar as mãos. — Ela mostrou a Shauzia como cavar a pilha para pegar o que quer que estivesse enterrado ali.

O lixo cheirava mal, mas isso não incomodava Shauzia. Afinal, ela tinha vivido com ovelhas por meses. As moscas também eram familiares. Ela enfiou as mãos no lixo, abrindo sacos plásticos e jogando o conteúdo no chão. Colocou o papel e os trapos que encontrou na sacola da menina.

Ela voltaria a procurar bons empregos no dia seguinte, decidiu, mas, naquele dia, só queria ficar perto de outras crianças.

Jasper, com seu excelente faro de cachorro, era bom em farejar coisas para comer, mas Shauzia também não fez feio. Com o papel e os pedaços de madeira de um caixote quebrado, ela encontrou um pote de tempero vazio e uma caixa de bolachas — ainda com algumas bolachas dentro!

— Ei! Encontrei comida! — exclamou ela.

No segundo seguinte, ela estava deitada de costas no lixo.

— Eu fico com toda a comida — protestou Zahir, segurando a caixa de bolachas no ar.

Mas Shauzia estava com fome e cansada de ser intimidada. Ela se levantou sem pensar e se atirou contra o garoto. Eles rolaram no lixo, tentando bater um no outro. Jasper pulava em volta deles, latindo. As outras crianças pegaram os pedaços de bolacha que caíram no chão e comeram.

Shauzia e Zahir ficaram sem forças antes mesmo de ser definido um vencedor. Eles se sentaram, se limparam e olharam feio um para o outro.

— Não tente tirar nada de mim de novo — rosnou Shauzia.

— É só lembrar quem manda aqui — rosnou Zahir de volta.

Como as bolachas já tinham acabado, eles deram uma trégua e voltaram a vasculhar a pilha de lixo.

No final da tarde, um dos meninos menores encontrou um pedaço de barbante. Ele o amarrou na alça de uma sacola plástica de compras e correu pelo lixão ao longo do terreno baldio ao lado dos trilhos. A sacola esvoaçava atrás dele como um pássaro, bem acima do lixo e das pessoas que faziam da sujeira suas casas.

Shauzia achou aquilo lindo.

O sol estava baixo no céu quando Looli colocou seus pequenos braços em volta do pescoço de Jasper e o abraçou.

— Temos que ir embora — ela anunciou.

Shauzia observou a menina pegar a mão do irmão enquanto ele colocava tanto a mochila dela quanto a dele no ombro, e os dois se afastaram.

Os outros meninos pegaram suas mochilas e começaram a andar em outra direção.

— Você vem? — gritou Zahir. — Ou tem algum trabalho importante para fazer? — Os outros garotos riram. Shauzia pensou em ficar ofendida, mas decidiu não fazê-lo.

Ela olhou para Jasper, deu de ombros e correu para alcançar os meninos.

Durante a primeira parte da noite, eles perambularam por Peshawar como um bando de animais, jogando pedaços estranhos de lixo em suas sacolas.

— Dê dinheiro pra gente! — gritavam para todos que encontravam, rindo quando as pessoas pareciam assustadas e fugiam.

Shauzia ficou mais afastada, sem gritar, mas ainda assim muito feliz por ter companhia. Ao cair da noite, chegaram a um grande e moderno hotel. Era tão bonito que Shauzia ficou sem fôlego.

— Isso é um palácio? — perguntou.

Ela e os meninos se encolheram no meio de alguns arbustos. Do outro lado da rua, um enorme prédio branco brilhava sob holofotes. Os carros subiam devagar por uma longa entrada de automóveis ladeada por grandes vasos redondos e muito coloridos de flores. Um homem em um esplêndido uniforme protegia as portas duplas da entrada.

— É um hotel — disse Zahir. — Você não sabe o que é um hotel?

— Claro que sei — mentiu Shauzia. Não havia lugares assim no Afeganistão. — O que estamos fazendo aqui? — O cascalho sobre o qual ela estava ajoelhada pressionava sua carne.

— Está vendo a luz no corredor? — Zahir apontou para um prédio longo e baixo que se projetava na lateral do hotel. — Isso quer dizer que vai ter uma festa das grandes hoje de noite.

— Ainda não entendi.

Zahir suspirou perante a estupidez dela.

— Estamos aqui para comer as sobras. Você não está com fome?

Eles deixaram as sacolas de lixo escondidas entre as árvores e correram para os fundos do hotel. Shauzia ouviu metal e vidro batendo e água correndo. Ela sentiu o cheiro da comida sendo feita da porta aberta da cozinha. A barriga dela se revirou de fome.

Dali a pouco tempo, a equipe da cozinha trouxe caixas pela porta dos fundos. Eles carregaram as lixeiras até a cerca dos fundos e colocaram pedras em cima delas.

— Por que estão fazendo isso? — perguntou Shauzia.

— Para nos manter longe, mas nós somos mais espertos do que eles.

Os trabalhadores da cozinha voltaram para dentro. Shauzia e os meninos se arrastaram até as lixeiras. Shauzia mancava um pouco, com a perna dolorida por ter se ajoelhado nas pedras. Jasper estava bem no meio das crianças, mas era esperto o bastante para ficar quieto.

Os meninos tiraram as pedras das tampas das lixeiras sem fazer barulho. Shauzia ajudou. Com cuidado, eles viraram as lixeiras e reviraram as sobras da festa, jogando fora os guardanapos de papel amassados e outros lixos para chegar ao arroz frio e aos ossos de frango com alguns pedaços grudados neles.

Shauzia tirou a carne dos ossos para Jasper, já que ossos de frango eram ruins para ele. Jasper usou o faro para encontrar mais coisas para comer.

Ela não conseguia enfiar a comida na boca com tanta rapidez. Pedaços de cartilagem de carneiro, carne moída, batatas escorregadias com o óleo picante — ela enfiava tudo na boca, comendo com uma mão enquanto a outra espalhava o lixo, procurando por mais. Quando uma bituca de cigarro se misturou a um punhado de arroz e espinafre, ela a separou da comida com os dentes, cuspiu-a e continuou comendo.

Ao seu redor, ouvia o som de garotos famintos mastigando.

— Ei! Caiam fora daí ou vamos chamar a polícia! — gritaram da porta dos fundos os funcionários da cozinha para as crianças.

Shauzia se virou para sair, mas as outras crianças gritaram de volta. Elas jogaram ossos e outros tipos de lixo nos funcionários. Jasper latiu, e lixo voou pelos ares. Shauzia pegou um punhado de comida velha e se juntou a eles. Ela riu quando os funcionários da cozinha levantaram as mãos para se proteger dos restos que voavam.

Era ótimo gritar e jogar coisas. Shauzia não conseguia se lembrar da última vez que havia gritado daquela maneira. Ela não podia levantar a voz quando era pastora, porque isso assustaria as ovelhas estúpidas. Não podia gritar em Cabul, porque seria tolice chamar a atenção para si mesma — não precisava que o Talibã a olhasse com atenção o bastante para se dar conta de que era uma menina.

Mas ali ela podia gritar, e foi o que fez, achando tudo muito divertido.

Os homens desapareceram por um instante, depois voltaram agitando frigideiras e tampas de panelas.

Shauzia viu os seguranças indo na direção dela, com armas em punho.

As crianças se dispersaram e se afastaram da área antes que os adultos pudessem alcançá-las. Quando tudo se acalmou de novo, eles pegaram as sacolas de lixo e foram procurar um lugar para dormir.

Shauzia ficou com os meninos naquela noite. Eles dormiram, amontoados, em uma escada fedorenta. Jasper era o cão de guarda deles e os mantinha seguros.

SEIS

Shauzia estava no corredor da mercearia dos ricos. Ela passou o dedo de leve ao longo das fileiras de lindas embalagens. As fotos dos pacotes prometiam coisas boas em seu interior: bolos, biscoitos com chocolate por cima, carne, queijo — comidas mais incríveis do que qualquer coisa que ela já tivesse visto.

E tinham tantos pacotes ali! Quem se importaria se pegasse alguns para ela e para o cachorro? Eles tinham tantos!

Ela ficou com água na boca quando seus dedos se enrolaram em uma lata com a imagem de um peixe do lado de fora. Poderia facilmente ir da prateleira para a bolsa dela.

— Você de novo!

Uma mão forte agarrou o ombro dela como uma pinça. Ela soltou a lata de peixe e foi empurrada pela loja.

— É a quarta vez que tenho que expulsar você só hoje. Se voltar aqui de novo, vou chamar a polícia.

O funcionário da loja empurrou Shauzia porta afora com tanta força que ela se estatelou na calçada no mesmo instante que o calor atroz de Peshawar a atingiu. Estava tão fresco e agradável dentro da loja, como se ela estivesse cercada pela neve.

Ela se levantou, irritada demais para prestar atenção às mãos e aos tornozelos em carne viva. Ela se aproximou o máximo que pôde da porta da loja de luxo para aproveitar ao menos um pouco o sopro frio e refrescante quando as pessoas ricas entrassem e saíssem.

Jasper estava esticado em uma leve sombra na lateral da loja. Estava com tanto calor que mal conseguiu rosnar quando ela foi jogada para fora.

Shauzia não podia ficar na sombra, porque estaria fora do caminho das pessoas a quem queria pedir esmola.

— Tem uma rupia aí? — perguntou a um homem que saía da loja.

Ele ignorou a mão estendida dela e passou reto. A mulher que saiu pouco tempo depois lhe entregou uma nota amarrotada de duas rupias. Com isso, Shauzia havia ganhado seis rupias o dia inteiro.

— Odeio isso — disse ela a Jasper. — Odeio ter que ser gentil com pessoas que não são gentis comigo. Odeio ter que pedir qualquer coisa para elas. A próxima pessoa que passar por aqui, vou pegar o dinheiro e sair correndo. Se não me derem o dinheiro, eu vou pegar, simples assim.

Jasper revirou os olhos, sem se impressionar. Ele já tinha ouvido esse discurso antes.

Dentro da loja, Shauzia se sentiu tonta quando viu todos aqueles pacotes de comida, tão lindos, alinhados nas prateleiras. As pessoas que faziam compras ali deviam ter muito dinheiro. E certamente as pessoas com muito dinheiro não se importariam em lhe dar um pouco dele.

Mas as pessoas ricas não eram mais generosas do que as pobres.

Ela também pedia trabalho além do dinheiro, mas ninguém tinha um emprego para ela. Preferiria trabalhar a pedir esmolas. Mendigar a fazia se sentir pequena.

Um homem e uma mulher com roupas ocidentais saíram de uma van branca com os dois filhos pequenos e atravessaram o estacionamento, indo em direção ao supermercado. Shauzia os viu e estendeu a mão.

— Olha esse cachorro! — Os dois meninos correram até Jasper. Em um instante, ele estava em pé, abanando o rabo.

— Cuidado, meninos. Vocês não conhecem esse cachorro — disse o homem.

Shauzia reconheceu o idioma que eles falavam — inglês — e buscou as palavras que conhecia da época em que estudara na escola.

— O nome dele é Jasper — respondeu ela.

O homem e a mulher tentaram fazer com que os filhos entrassem na loja.

— Eu preciso de trabalho — disse Shauzia. Ela estendeu a mão para pedir dinheiro, caso preferissem dar uma esmola.

— Você fala inglês muito bem — disse a mulher devagar. Em seguida, colocou uma nota de dez rupias na mão de Shauzia. — Andem, crianças, vamos entrar.

Muito melhor assim, pensou Shauzia, colocando o dinheiro no bolso. Quando a família saiu de novo, os meninos foram direto para Jasper.

— A gente pode levar o cachorro para casa, mamãe? — perguntou um dos meninos.

— Ele pertence a este garoto — disse a mulher.

O menino fez beicinho e segurou Jasper com tanta força que o cão teve que se sacudir para se livrar do aperto.

O homem deu a Shauzia outra nota de dez rupias.

— Compre comida para seu cachorro também — disse ele.

Em seguida, a família entrou na van de novo e foi embora.

Shauzia e Jasper ficaram do lado de fora do supermercado pelo resto do dia, mas ganharam só mais algumas rupias. Ela comprou alguns hambúrgueres de carne para dividir com Jasper e um pouco de *nan*. Depois, foi se encontrar com os outros meninos.

Eles estavam usando o antigo cemitério cristão como local de acampamento. Durante o dia, tinha bastante sombra e era bem fresco, e as ervas daninhas eram macias para dormir à noite. Todas as lápides pareciam marcar os túmulos de soldados britânicos que haviam morrido matando indianos. Shauzia não sabia de que guerra se tratava. Ela achava que isso não importava.

— Como você se saiu hoje? — perguntou Zahir.

Shauzia ergueu o pão. Ela não contou quanto dinheiro havia ganhado.

Um dos meninos tinha algumas laranjas que havia roubado do *karachi* de um velho. Eles comeram juntos. Zahir pediu comida extra a algumas das crianças, mas não incomodou Shauzia.

— Olá, posso me juntar a vocês? — Um menino pequeno, com a sacola azul aos pés, estava do outro lado da cerca do cemitério.

— Claro, pode vir aqui. — Zahir foi até ele.

Shauzia sabia o que estava por vir.

— Jogue a sacola primeiro — sugeriu Zahir. — Assim vai ser mais fácil de subir.

O menino balançou a sacola de lixo e a jogou por cima da cerca, direto para os braços de Zahir, que a aguardava. Zahir esperou até que o garoto estivesse quase no topo da cerca, então o empurrou com força de volta para a calçada. O garoto tentou mais algumas vezes antes de perceber que havia perdido o lixo e que não poderia fazer nada a respeito.

Shauzia não se juntou à luta pelo lixo roubado, mas também não fez nada para ajudar o garoto. Ela não tinha medo de lutar com Zahir, mas a última coisa de que precisava era alguém dependendo dela, esperando coisas dela. Ela nunca chegaria ao mar dessa forma.

— Eu cuido de mim mesma. Ele pode fazer o mesmo — ela sussurrou para Jasper enquanto eles se acomodavam entre as cruzes e lápides e dormiam.

Todas as manhãs, Shauzia saía do cemitério. Às vezes, levava Jasper, mas geralmente o deixava na sombra com uma panela de água que enchera na torneira do lado de fora da antiga igreja ao lado. Ela caminhava até o Saddar Bazaar ou pegava carona até outras partes da cidade para procurar trabalho.

Por circular tanto por Peshawar, passou a conhecer a cidade depressa. Sabia em quais bairros teria mais chances de encontrar trabalho, quais lojas davam comida aos mendigos no final do dia e quais hotéis ricos tinham lixeiras que podiam ser reviradas. Ela sabia onde havia torneiras de água ao ar livre, onde poderia se lavar um pouco e beber alguns goles. Ela aprendeu em quais parques poderia tirar um cochilo durante o calor do dia e em quais havia guardas que a expulsariam antes mesmo que ela ficasse confortável.

Se tivesse sorte, ela trabalhava. Se não, pedia dinheiro. Pouco a pouco, ela foi aumentando as rupias em sua bolsa de dinheiro.

— Estamos nos aproximando do mar — disse ela a Jasper certa noite, quando estavam sozinhos no cemitério.

Ela lhe mostrou o maço de dinheiro. Ele cheirou e abanou a cauda. Ela colocou o dinheiro de volta na bolsa e a escondeu sob a camisa antes que algum dos meninos pudesse se virar e ver.

— Nós não conhecemos esses garotos — disse Shauzia a Jasper. — Tudo o que sabemos é que eles estão com fome, e não se pode confiar em pessoas com fome. Se eles soubessem que tenho dinheiro, roubariam de mim, assim como eu também roubaria deles. Bom, acho que roubaria.

Os meninos entravam e saíam do grupo. Shauzia nem sempre sabia seus nomes. Ninguém nunca falava muito sobre si mesmo. Algumas coisas eram difíceis demais de falar.

— Tem algumas rupias para dar?

Àquela altura, Shauzia já sabia fazer essa pergunta em dari, pachto, urdu — o idioma paquistanês — e inglês.

— Por mais que eu odeie pedir esmolas, vale a pena vir aqui todo domingo — disse ela a Jasper.

"Aqui" era o restaurante Chief Burger na Jamrud Road, perto da University Town, onde morava a maioria dos estrangeiros. As pessoas que queriam comida ficavam na rua e faziam seus pedidos pelas janelas. Depois, elas não tinham nada a fazer a não ser observar Jasper fazendo seus truques.

O homem que administrava a barraca de hambúrgueres gostava de Jasper. Ele lhe dava água e pedaços de carne moída.

— Vou fazer hambúrgueres menores hoje. Se os clientes perceberem, será tarde demais. Eu já terei o dinheiro deles! — ele disse.

Shauzia ficou feliz porque seu cão estava comendo.

Ela também gostaria de comer carne, mas não pediu e nunca lhe ofereceram.

Ela não sabia se era a igreja, a pizza ou os truques de Jasper, mas sempre ganhava muito dinheiro aos domingos. Às vezes, ganhava mais do que quando estava trabalhando.

Havia muitos clientes regulares no Chief Burger. Shauzia se lembrava deles de semana em semana, e eles se lembravam dela — ou, pelo menos, se lembravam de Jasper, já que era quem eles cumprimentavam primeiro.

Shauzia sempre esperava que eles lhe dessem um pedaço de pizza junto a suas rupias, mas nunca o faziam. Nem mesmo as pessoas que ela via com frequência, como o casal da van branca que conhecera do lado de fora do supermercado. Os dois filhos pequenos choravam quando tinham que parar de brincar com Jasper e ir para casa.

— Tem alguma rupia? — gritou ela.

— Quer ganhar dinheiro? — perguntou um homem, aproximando-se dela.

Os adultos fazem perguntas tão ridículas, pensou Shauzia.

— Sim, preciso de dinheiro — respondeu ela de forma educada, estendendo a mão. — Também estou procurando trabalho.

O homem lhe entregou uma nota de cem rupias.

Shauzia achou que os olhos dela saltariam das órbitas. Nunca tinha segurado uma coisa tão bonita antes.

— Venha comigo — disse o homem. — Vou dar um emprego para você e, depois, ainda mais dinheiro.

— Ah, obrigado — respondeu Shauzia. — Vou trabalhar duro. Venha, Jasper. — Ela se abaixou para pegar a coleira de Jasper.

— Deixe o cachorro aí — bradou o homem.

Ele segurou o braço de Shauzia.

Jasper rosnou.

Shauzia tentou se abaixar para tranquilizá-lo, mas o homem apertou o braço dela e começou a puxá-la pela calçada em direção a um carro.

— Espere aí! — disse ela. — Deixa eu cuidar do meu cachorro.

O homem não parou. Ele a segurou com mais força.

— Você está me machucando! — gritou Shauzia.

Jasper, percebendo o pânico em sua voz, começou a latir para o homem. Mas ele continuava puxando Shauzia.

— Não! — Ela tentou se afastar. — Eu não quero ir com você!

Uma multidão começou a se reunir. A multidão atraiu a polícia.

— O que está acontecendo aqui? — perguntou um policial.

— Esse garoto me roubou cem rupias — disse o homem.

— Eu não roubei! Ele me deu o dinheiro! — gritou Shauzia. — Ele tentou me colocar no carro, mas eu não queria ir!

— Revistem o garoto — disse o homem. — Vocês vão encontrar minha nota de cem rupias no bolso dele.

Shauzia não queria que a revistassem e levassem o resto de seu dinheiro. Ela tirou a nota do bolso e a estendeu para o homem.

— Pode pegar de volta.

Um dos policiais a pegou antes.

— Evidência — disse ele.

Então, eles a agarraram. Jasper latia sem parar, atirando-se contra os policiais.

Shauzia gritou e tentou revidar, mas os policiais eram maiores e a jogaram na parte de trás de uma van.

Ela olhou pela pequena janela da porta traseira da van a tempo de ver um dos policiais chutar Jasper com força. Em seguida, a van se afastou e ela não conseguiu ver mais nada.

SETE

— Esvazie os bolsos — o guarda da delegacia apontou para o balcão.

Shauzia olhou em volta para os outros na sala. Eram todos homens, sentados atrás de grandes escrivaninhas, bebendo refrigerantes e observando-a enquanto os ventiladores zumbiam no alto. Ninguém se mexeu para resgatá-la. Ela era a única criança na sala e se sentia muito, muito pequena.

— Eu não fiz nada de errado! — Ela vinha insistindo nisso desde que a polícia a jogou na van.

— Esvazie os bolsos! — insistiu o guarda. — Esvazie logo ou vamos esvaziar para você.

Com as mãos trêmulas, Shauzia tirou do bolso as poucas rupias que havia ganhado mendigando naquele dia e as colocou no balcão.

O guarda desdobrou a foto do campo de lavanda da revista. Ele olhou para ela, passou a foto de mão em mão e depois a dobrou de novo.

— Pode ficar com isso — disse ele. Então, notou o cordão em volta do pescoço dela. — O que é isso aí?

Shauzia fingiu não saber do que ele estava falando, mas não adiantou. Ele estendeu a mão e puxou a bolsa de dinheiro, tirando-a do pescoço dela. Ele a abriu e jogou o dinheiro no balcão à sua frente.

Shauzia olhou para todas as notas de rupias, aquelas que ela havia trabalhado tanto para ganhar, aquelas que a levariam para o mar.

Com um movimento da mão do guarda, elas desapareceram em uma gaveta.

— Isso é meu! — gritou ela.

— O que é seu?

— O dinheiro que você pegou. É meu!

— O que um garoto como você estaria fazendo com tanto dinheiro? Você deve ser um ladrão!

Shauzia tentou pular o balcão para pegar o dinheiro, mas o balcão era muito alto e os policiais eram muito grandes. Eles a pegaram e, no instante seguinte, ela se viu sendo jogada em uma cela.

Ela aterrissou em algo macio, mas logo se levantou. Ela se agarrou às barras da cela e tentou se espremer através delas.

— Vocês não podem ficar com meu dinheiro! — gritou ela. — Eu o ganhei! Ele é meu!

Um dos guardas bateu com seu bastão contra as barras, a centímetros dos punhos cerrados dela. Shauzia se afastou.

— Silêncio, ou ninguém vai jantar.

— Eu quero meu dinheiro! — Ela gritou nas costas do guarda enquanto ele se afastava.

— Pare de gritar. Você só vai fazer com que eles fiquem mais irritados — bradou uma voz atrás dela.

Shauzia se virou. A cela estava cheia de meninos. A maioria parecia um pouco mais velha do que ela, e alguns eram da mesma idade ou um pouco mais jovens. Eles estavam sentados no chão, olhando para ela.

— Bem, eles me deixaram com raiva — respondeu Shauzia, chutando as grades. — O que me importa se eles estão com raiva?

— Porque eles vão descontar em todos nós.

— Então, senta aí e cala essa boca, ou nós vamos calar para você.

Shauzia afundou no chão. Os outros meninos tiveram de se movimentar para abrir espaço para ela.

— Vou pegar meu dinheiro de volta — disse ela em voz baixa.

Ela abraçou os joelhos para não tremer e fez uma careta para não chorar.

— Você tem alguma prova de que eles pegaram seu dinheiro? — perguntou um garoto.

— Você tem alguma prova de que tinha dinheiro? — perguntou outro.

— Eu vou recuperar — repetiu ela.

Alguns dos garotos apenas riram.

Eles não me conhecem, pensou ela. *Eles riem porque não sabem o tamanho da minha determinação.*

O pânico e a raiva de Shauzia deram lugar ao desconforto com o passar da tarde. Era impossível ficar confortável na cela. O ar era quente e não se movia. Ela queria se deitar ou encostar as costas em alguma coisa, ou esticar as pernas à frente do corpo, mas havia muitos meninos no chão de cimento da cela.

Logo sentiu cãibras nas pernas e dor nas costas.

A cela cheirava a corpos sujos e a outras imundices. Shauzia não conseguia respirar direito e se perguntava como os outros meninos podiam.

Talvez estejam aqui há tanto tempo que já se acostumaram, pensou ela, *assim como eu me acostumei com as ovelhas.*

Ela esperava não ficar na cela por muito tempo.

Nas primeiras horas, ela pulava a cada ruído discreto que vinha de fora da cela — toda vez que o telefone tocava no escritório externo, toda vez que um dos guardas passava.

— Se acalma aí — disse um dos meninos mais velhos. — Você não vai a lugar nenhum.

— Como você sabe?

— Uma vez que está aqui, você está aqui para sempre — respondeu ele. — Eu tinha só seis anos quando eles me prenderam. Olhe para mim agora: já tenho idade suficiente para a barba começar a crescer.

Os outros meninos riram.

Shauzia achou que eles deviam estar brincando. Os pastores também brincavam assim. Eles tiravam sarro de como ela era desajeitada nas tarefas ou riam de como uma ovelha gostava de bater na bunda dela com a cabeça.

Shauzia não se importava. Não havia muito mais do que rir. Estava concentrada em não deixar o medo transparecer em seu rosto. A raiva era boa, o medo era perigoso.

— Se sua família tiver algum dinheiro, a polícia pode deixar você ir embora — comentou o garoto ao lado dela em voz baixa. — Você não vai ficar aqui para sempre. Não dê ouvidos a eles.

— O que isso me importa? — ela retrucou. — Já estive na cadeia muitas vezes.

— Você não parece ter idade suficiente para ter feito algo muitas vezes — disse um garoto mais velho, e eles riram de novo.

— Há quanto tempo você está aqui? — ela perguntou ao rapaz ao seu lado.

Ele se mexeu um pouco e apontou para algumas ranhuras na parede.

— Essas são minhas marcas, uma para cada noite. — Aqueles eram só alguns arranhões. Havia mais, por toda a parede.

Shauzia contou as marcas. Ele estava lá há quase três meses. Ela não deixou que percebessem que sabia contar.

— Eu não tenho família — disse o garoto, parecendo envergonhado. — Aqui não. Eles estão no Afeganistão. Eu vim para ganhar dinheiro para tirar eles de lá, mas agora estou na cadeia. O policial me pergunta: "Onde estão seus documentos?". Não tenho documentos. Minha casa foi bombardeada, como posso ter documentos? Então, fico sentado aqui.

— Você está contando a mesma história de novo? — reclamou um garoto mais velho. — Quantas vezes temos que ouvir isso? Nossa sorte é tão ruim quanto a sua.

Em uma voz mais baixa, o garoto ao lado de Shauzia continuou.

— Somos todos afegãos nesta cela. Os meninos paquistaneses estão em outro lugar. Sua família está com você em Peshawar?

Shauzia não conseguiu responder. Ela estava se esforçando demais para não chorar.

De repente, percebeu que sempre que o telefone tocava no escritório, não era para ela. Não havia ninguém para pagar a polícia, nem mesmo para saber que ela estava lá.

Ela se imaginou fazendo arranhões na parede — ranhuras intermináveis que ocupariam toda a parede, apagando todos os outros arranhões. Como poderia ficar nesse espaço apertado, sem ter como fugir, sem ter como chegar ao mar? Passara muito tempo ao ar livre, movendo-se como bem entendia. O teto a pressionava. Como ela poderia ficar ali?

Era insuportável demais pensar nisso. Em vez disso, pensou em Jasper. Preocupar-se com seu cão era mais fácil do que se preocupar consigo mesma.

— Tem algum banheiro? — perguntou um pouco mais tarde.

— Não dá para sentir o cheiro? — Um garoto apontou com o polegar para uma área separada no fundo da cela.

Shauzia passou pelos meninos como se estivesse atravessando um jardim de flores. A divisória lhe dava um pouco de privacidade, mas o banheiro era apenas um buraco fedorento no chão.

As ovelhas são mais limpas, pensou ela, e não se demorou ali.

Um guarda apareceu com uma bandeja com xícaras de chá de metal e uma pilha de *nan*.

— Aqui está o jantar de vocês — disse ele.

Os meninos mergulharam na comida como os cães selvagens que Shauzia tinha visto em Cabul, empurrando uns aos outros para chegar ao pão. O guarda riu.

Shauzia ignorou a comida. A porta da cela ainda estava sendo mantida aberta pelo guarda. Em um instante, ela estava de pé e na metade do caminho para fora da cela.

— Aonde você pensa que vai? — O guarda a agarrou.

— Eu não deveria estar aqui! — gritou Shauzia, tentando se afastar. — Eu não fiz nada de errado!

— Volte para lá! — O guarda a empurrou para dentro da cela. Ela caiu sobre a bandeja de chá, derramando as xícaras que ainda não tinham sido apanhadas. A porta da cela se fechou com um estrondo.

Um dos rapazes lhe deu um soco forte na lateral do corpo.

— Foi meu chá que você derramou — rosnou ele. — E o chá do meu amigo. De agora em diante, vai ter que nos dar seu chá para compensar isso.

— Eu não tenho que dar nada para você — respondeu Shauzia.

— Continue assim — ameaçou o garoto. — Você não pode se esconder de mim.

Shauzia voltou para seu espaço no chão.

É claro que não havia mais pão ou chá.

— Aqui — disse o garoto ao lado dela. — Vou dividir meu pão com você. — Ele rasgou seu pãozinho ao meio e o estendeu para ela.

Shauzia sabia que, se aceitasse a gentileza dele, teria de demonstrar gentileza em troca, e isso a faria parecer fraca. Então, ela deu de ombros para a oferta. Já tinha passado fome antes. No momento, essa era a menor de suas preocupações.

O garoto ao lado dela fez outro entalhe na parede com a borda de seu copo de metal. Os outros meninos estavam acrescentando entalhes às ranhuras deles.

— Vou fazer um para você — disse o garoto, colocando um risco em um ponto vazio da parede.

Shauzia olhou para ele uma vez e depois se virou.

O guarda recolheu as xícaras de chá e apagou a luz do teto.

— Bons sonhos, rapazes — ele zombou.

Os meninos se esticaram no chão o melhor que puderam na cela superlotada. Shauzia fez o mesmo, depois se sentou de novo quando um dos meninos começou a gemer baixinho, de forma ritmada.

— Aquele é o Bate-Cabeça — disseram a ela.

O garoto que gemia balançava e batia a cabeça na parede repetidas vezes enquanto gemia.

— Ele fica bem quando as luzes estão acesas, mas não gosta do escuro. Ele faz isso todas as noites. Você vai se acostumar.

— Em breve, você vai ficar igual a ele — disse outro garoto, e vários meninos riram.

Shauzia observou o Bate-Cabeça por um tempo e depois se deitou de novo. As pulgas picavam seus tornozelos e seu pescoço. Ela enrolou o xale em volta de si para evitar que as pulgas atingissem o resto do corpo, mas logo sentiu tanto calor que teve de tirá-lo de novo.

A noite pareceu durar uma eternidade. Alguns dos meninos gritavam enquanto dormiam, e as pulgas continuavam a se espalhar.

A preocupação e o medo não a deixavam cair no sono. Ela tentou dizer a si mesma que tudo daria certo. A polícia perceberia que havia cometido um erro e a deixaria sair pela manhã.

Mas não conseguia acreditar nisso de verdade. Pessoas desapareciam nas prisões afegãs. Talvez acontecesse o mesmo no Paquistão.

Era horrível estar separada de Jasper, não tê-lo por perto para protegê-la, não poder estender a mão e senti-lo respirar ao seu lado.

Será que ela enlouqueceria naquele lugar terrível? Será que perderia a razão, trancada longe do sol? Ela já tinha visto pessoas loucas no Afeganistão. A loucura se apoderava cada vez mais das mentes deles, até que não restava nada da pessoa — só a loucura sobre duas pernas.

Ela estendeu a mão e a colocou com delicadeza sobre o peito do menino que dormia ao seu lado. Podia sentir o coração dele batendo forte. Podia sentir os pulmões dele inspirando e expirando o ar de novo.

Ela fechou os olhos e fingiu que ele era Jasper. E, finalmente, conseguiu dormir.

OITO

O café da manhã na prisão era mais pão e chá. Shauzia pegou sua parte do pão e bebeu a xícara de chá antes que o rapaz que a havia esmurrado pudesse pegá-la. Mas o chá de pouco serviu para matar sua sede.

— Isso era para mim! — rosnou o rapaz.

— Só esperar um pouco e mijo de volta para você — retrucou ela.

Os outros riram, mas dessa vez não estavam rindo de Shauzia.

O garoto teria avançado contra ela, mas naquele momento um guarda apareceu na porta da cela.

— Preparem-se para o banho — exclamou ele.

Os outros rapazes se levantaram.

— A água fria ajuda a refrescar — disse um garoto ao lado de Shauzia. — Enquanto a gente estiver lá fora, eles vão lavar a cela e o banheiro com mangueira. Tudo vai ficar melhor. Você vai ver.

Shauzia ficou horrorizada. Os chuveiros não eram privados. Ela não poderia se expor como menina para todos aqueles garotos.

Estava tão assustada que mal conseguia pensar.

Os outros garotos se pressionaram nas barras na frente da cela, ansiosos para serem os primeiros a tomar banho. Era uma chance de esticar as pernas, e eles gritavam, empurravam e batiam uns nos outros de tão empolgados. Shauzia deixou que a empurrassem para fora do caminho, até ficar sozinha na parte de trás da cela. Ela se pressionou contra o cimento.

Talvez, se pressionasse com força suficiente, conseguisse atravessar a parede.

Houve um estrondo nas grades quando o guarda usou seu bastão para fazer os meninos recuarem.

— Menino que foi trazido ontem, dê um passo à frente! — gritou o guarda.

— Fui eu! — gritaram os outros meninos. — Eu fui trazido ontem!

Durante todo esse processo, Shauzia ouviu outra voz falar em inglês e depois mudar para dari.

— Não, não é nenhum desses — disse a voz. — Há outro garoto lá dentro? Aquele que foi preso no Chief Burger?

Shauzia deu um salto para frente, abrindo caminho até a porta da cela. Do outro lado das grades, estava um dos ocidentais que comiam pizza depois da igreja, o pai dos dois garotinhos que gostavam tanto de Jasper.

O homem sorriu para ela.

— Você tem um cachorro muito inteligente.

Shauzia se inclinou contra as grades e fez sinal para que ele se agachasse para que ela pudesse lhe dizer algo.

— Você tem que me tirar daqui — implorou ela. — É dia de tomar banho.

O homem parecia perplexo, então ela pressionou o rosto contra as grades.

— Eu sou uma garota! — sussurrou ela.

Ele a olhou com atenção, piscou uma vez e depois começou a falar com os guardas. Eles se afastaram da porta da cela. Shauzia não conseguia ouvir o que diziam, mas podia ver o homem ocidental pegar a carteira e fazer gestos com os braços para os guardas enquanto conversavam. Seu coração ficou apertado quando ela o viu colocar a carteira de volta no bolso, mas depois deu um pulo quando ele a tirou de novo. Eles discutiram mais um pouco.

Então o homem assentiu, tirou algumas notas da carteira e as entregou aos guardas.

Os guardas destrancaram a porta da cela, entraram no meio da horda de meninos e puxaram Shauzia para fora. Ela olhou para os meninos na cela e depois desejou não ter feito isso. Até o valentão parecia pequeno e perdido com o rosto atrás das grades.

O ocidental a pegou pelo braço e a levou em direção à saída da delegacia de polícia.

— Espere! — gritou ela. — Eles estão com meu dinheiro!

Ele continuou a conduzi-la pela delegacia.

— Seu dinheiro se foi. Ele nunca existiu — disse ele com calma. — Vamos cair fora antes que eles mudem de ideia.

A raiva de Shauzia se espalhou por todo seu corpo, sem ter por onde escapar. Mas ela se esqueceu disso assim que saiu do complexo da delegacia e uma criatura grande e peluda se lançou contra ela com tanta força que ela quase caiu.

— Jasper!

Ele lambeu todo o rosto dela, e ela ficaria feliz em passar horas sentada na calçada abraçando-o se o homem não tivesse levado os dois para sua van.

Shauzia e Jasper colocaram a cabeça para fora da janela e deixaram a brisa passar por eles enquanto a van entrava e saía do trânsito louco de Peshawar. O ar fresco era maravilhoso, mesmo com o calor e a fumaça do escapamento.

— Como você se chama? — perguntou o homem.

— Meu nome de menina é Shauzia. Meu nome de menino é Shafiq — ela respondeu, inclinando a cabeça. Shauzia riu da aparência de Jasper, com os pelos voando em volta da cara.

— Meu nome é Tom.

— Como você me encontrou?

Ele entregou uma garrafa plástica de água para ela, que bebeu sem parar enquanto ele contava:

— Foi seu cachorro. Quando chegamos ao Chief Burger para comer nossa pizza ontem, Jasper praticamente se jogou em cima da gente. Perguntamos por aí e descobrimos o que havia acontecido. Sinto muito por ter demorado tanto, mas foi difícil encontrar você e convencer a polícia a deixar você ir.

— Para onde estamos indo agora?

— Barbara, minha esposa, me fez prometer que levaria você para casa se eu conseguisse tirá-la da cadeia. Ela vai ficar muito feliz por você ser uma menina. Por que está fingindo ser um menino?

— Me deu vontade — mentiu ela, mantendo sua privacidade mais por força do hábito do que por desconfiar de Tom.

— Sua família ainda está no Afeganistão? — perguntou ele.

— Eles estão mortos — mentiu ela de novo, depois voltou a colocar a cabeça para fora da janela. Ela não se lembrava da última vez que havia andado em um veículo tão veloz.

Se eu tivesse um desses, pensou ela, *poderia chegar ao mar em pouco tempo*.

Eles entraram na University Town, um bairro de grandes árvores, muros altos e arbustos floridos que derramavam suas flores na rua. O barulho do tráfego na Jamrud Road foi deixado para trás enquanto a van fazia várias curvas, enfim parando diante de um portão alto de metal.

Tom saiu, destrancou e abriu o portão, depois passou com a van.

Shauzia e Jasper saíram da van e entraram em um mundo totalmente novo.

— Papai chegou! Papai chegou! — Os dois garotinhos correram pela varanda da frente e atravessaram o jardim para abraçar o pai.

Atrás deles, limpando as mãos em um pano de prato, vinha a mãe deles, Barbara. Ela colocou as mãos nos ombros de Shauzia.

— Então Tom conseguiu tirar você de lá! Bem-vindo à nossa casa.

Shauzia olhou para o rosto de Barbara. Seu sorriso era caloroso. Shauzia não se lembrava de ninguém ter sorrido para ela daquela maneira antes, exceto Parvana.

— Você deve estar com fome — disse Barbara. — Temos muita comida em casa para alimentar um garoto faminto.

— O garoto faminto é uma garota faminta — disse Tom, rodando com o filho pequeno, que ria sem parar.

Barbara olhou para Shauzia.

— Uma menina! Ah, que maravilha! Vou ter companhia nesta casa cheia de meninos. Entre. Vamos limpar e alimentar você, e depois vai poder nos contar tudo a seu respeito.

Os olhos de Shauzia quase ardiam com as cores brilhantes de todas as flores no jardim do pátio. Os pássaros cantavam nas árvores. O resto de Peshawar, além dos muros altos, talvez nem existisse.

Ela arregalou os olhos conforme Barbara a conduzia para dentro da casa. Só a entrada era maior do que o quarto que ela havia compartilhado com toda a família em Cabul.

— Tom é engenheiro — disse Barbara enquanto levava Shauzia de cômodo em cômodo. — Ele constrói pontes, principalmente na parte norte do

Paquistão. Estamos aqui por um contrato de dois anos. Nossas famílias acharam que éramos loucos por vir, ainda mais com as crianças, mas gostamos de aventuras. Somos de Toledo, nos Estados Unidos. Não tem muitas aventuras por lá.

Shauzia se sentia grata por Barbara ser faladeira. Ela se sentia tímida em meio a tanta riqueza. A casa tinha uma sala de estar com grandes janelas que davam para o jardim. As cadeiras pareciam macias e havia muitas almofadas de cores bonitas. A televisão exibia personagens de desenhos animados cantando uma música animada em inglês. Os brinquedos estavam espalhados pelo chão.

— Essa é a nossa sala de jantar — disse Barbara ao passarem por um cômodo com uma longa mesa de madeira rodeada de cadeiras. Shauzia olhou para todos os pratos empilhados em um armário de vidro.

— E esta é a nossa cozinha. — Elas entraram em um grande cômodo ensolarado, a fonte dos cheiros deliciosos que Shauzia estava sentindo desde que entrara na casa. Latas de comida e caixas sofisticadas de biscoitos e bolachas de água e sal estavam empilhadas de forma ordenada nas prateleiras. Uma tigela transbordava com frutas.

Shauzia só queria olhar para tudo e sentir os cheiros tão gostosos, mas Barbara a manteve em movimento.

Elas subiram as escadas, onde havia mais cômodos e mais brinquedos no chão. As roupas das crianças estavam espalhadas por toda parte.

— Por favor, não repare na bagunça — disse Barbara, quando Shauzia passou por cima de um caminhão de brinquedo. — Estou tentando ensinar os meninos a organizar as coisas deles, mas os dois se recusam a ajudar. — Em seguida, ela mostrou a Shauzia um lindo quarto azul com um padrão de pequenas flores na parede. Havia um banheiro ocidental, torneiras brilhantes e um chuveiro com uma cortina azul.

Minha família já viveu assim, pensou Shauzia. *Há muito, muito tempo, antes de as bombas começarem a cair.* Parecia a lembrança da vida de outra pessoa, não a dela.

— E agora é hora de você tomar banho — anunciou Barbara. Ela mostrou a Shauzia como abrir as torneiras. — Use todo o sabonete que quiser. Deixe as roupas sujas no chão. Vou encontrar algo limpo para você usar.

Depois, ela a deixou sozinha.

Shauzia ficou feliz por ter algum tempo para recuperar o fôlego. Ela tocou delicadamente o papel de parede com flores azuis e depois sentiu a suavidade do azulejo.

Havia um espelho sobre a pia. Ela se aproximou e olhou para ele.

Não reconheceu a cabeça que olhava para ela. Fazia anos que não via o próprio rosto. O quarto que dividia com a família em Cabul não tinha espelhos. Em sua mente, ela ainda era uma criança de uniforme com longos cabelos escuros que se enrolavam nas pontas. Mas o rosto que a olhava agora era mais velho do que ela se lembrava. Estava mais comprido e as bochechas estavam mais encovadas. Shauzia se perguntou quem seria aquela garota.

Ouviu barulhos no andar de baixo quando os meninos voltaram para dentro da casa. Shauzia ouviu as patas de Jasper conforme subia os degraus de pedra, choramingando do lado de fora do banheiro. Ela deixou o espelho para lá e abriu a porta para ele.

— Você não se importa com a minha aparência, não é mesmo, Jasper? — O rabo dele balançando a fez se sentir melhor.

Ela tirou as roupas sujas e entrou no chuveiro. Abriu as torneiras e deixou a água quente escorrer por seu corpo. O sabonete tinha cheiro de flores e especiarias. Ela se ensaboou e enxaguou, ensaboou e enxaguou, lavando a sujeira e o mau cheiro de seu corpo.

— Por que você não se junta às crianças no jardim? — sugeriu Barbara quando Shauzia apareceu na cozinha vestida com um *shalwar kameez* feminino. Era ótima a sensação de estar limpa e vestida com roupas lavadas. Sua pele cheirava bem, como o sabonete. Barbara lhe entregou um copo de leite frio. — O jantar estará pronto em breve.

Shauzia e Jasper foram para o jardim, onde os meninos estavam brincando. Um menino tinha um caminhão que o outro queria, e eles começaram a discutir. Shauzia não gostava de olhar para eles. Eles eram gordinhos e tinham boa saúde, e suas risadas e discussões machucavam seus ouvidos.

Ela provou o leite. Era suave e bom. Ela derramou um pouco na palma da mão e estendeu para Jasper.

— Eu quero fazer isso! — gritou um dos meninos, e os dois se aproximaram dela, ansiosos e exigentes. Shauzia se inclinou para trás para se afastar deles, mas eles continuaram a pressioná-la.

Ela foi salva por Tom, que chamou todos para o jantar.

— Pode se sentar aqui, Shauzia. — Barbara puxou uma cadeira para ela na longa mesa de madeira.

À sua frente, havia um prato amarelo brilhante e talheres reluzentes. Sobre a mesa havia pratos de frango e tigelas de legumes. Barbara serviu-lhe outro copo de leite enquanto Tom supervisionava os meninos, que lavavam as mãos.

— Você já usou um garfo antes? — perguntou Barbara.

Shauzia assentiu. Muitos afegãos comiam com os dedos, mas a família dela era moderna. Eles perderam todos os talheres em um bombardeio e passaram a comer com as mãos depois disso, mas Shauzia ainda se lembrava de como comer com um garfo.

Ela observou Tom e Barbara colocarem guardanapos no colo e fez o mesmo.

Quando começou a comer, achou que não conseguiria parar. No início, ela tentou copiar os adultos e usar o garfo da forma correta, mas era mais lento dessa forma, então passou a usar os dedos também. Ela ignorou tudo, exceto a comida. Barbara colocava comida no prato dela a todo instante e Shauzia comia tudo, sem distinguir o que era frango, arroz ou legumes.

Quando enfim começou a se sentir satisfeita, lembrou-se de guardar um pouco de comida para o dia seguinte. O guardanapo foi útil para isso.

— Você ainda tem espaço para a sobremesa? — perguntou Barbara, colocando uma tigela de sorvete de chocolate na frente dela.

— Eu quero sorvete! — reclamou o menino menor, Jake.

— Coma suas cenouras primeiro — retrucou Barbara.

— Não!

— Dê ao menos uma mordida na cenoura — ordenou Tom.

Shauzia observou Jake que franziu a testa e colocou um pedaço minúsculo de cenoura na boca. Barbara retirou o prato dele e o substituiu por sorvete. Shauzia olhou para a comida que ainda estava no prato enquanto Barbara o levava para a cozinha, depois voltou sua atenção para o sorvete.

Estava tão bom que ela pegou a tigela para lamber o que restava.

— Paul, coloque a tigela na mesa — disse Tom ao garoto mais velho.

— Mas ela lambeu!

— Não importa. Você sabe que não pode.

Shauzia sentiu suas bochechas queimarem. Havia cometido um erro. Será que a expulsariam da casa?

— Preparei uma cama para você no quarto de hóspedes — disse Barbara. — Quer dar uma olhada? Você pode ir dormir na hora que quiser.

Shauzia assentiu e se levantou da mesa, segurando o guardanapo cheio de comida ao seu lado.

— O Jasper vai dormir comigo esta noite — anunciou Jake.

— Não, não vai. Ele vai dormir comigo — insistiu Paul.

Shauzia os deixou com sua discussão. Jasper trotou ao lado dela enquanto subiam as escadas.

Depois de escovar os dentes com uma nova escova vermelha, ela viu seu quarto. Tinha uma cama de verdade, com lençóis, cobertores e um travesseiro.

Barbara entregou a ela uma camisola para vestir. De repente, sentia-se muito cansada.

Barbara deu-lhe um abraço.

— Durma bem. Estamos muito felizes por ter você aqui.

Os braços de Shauzia permaneceram ao lado do corpo. Ela não sabia se deveria retribuir o abraço. Não tinha certeza se conseguiria se lembrar de como fazê-lo.

Barbara mostrou onde apagar a luz e depois a deixou sozinha.

Shauzia escondeu a comida embaixo da cama. Vestiu a camisola e se deitou na cama, sobre os lençóis limpos. Sua barriga estava tão cheia que doía, e a pele ainda cheirava ao sabonete do chuveiro.

Jasper subiu na cama e se esticou ao lado dela.

— Acho que eles vão pedir para a gente ficar aqui com eles — sussurrou ela. — Eu poderia limpar para eles e, à noite, quando todos estiverem dormindo, brincar com alguns desses brinquedos. Eu poderia voltar para a escola e aprender a ser... qualquer coisa! — Ela se apoiou nos cotovelos e olhou para a cara de Jasper. — Nós ainda vamos para o mar. Ainda vamos para a França. Mas você se importaria se a gente ficasse aqui por um tempinho?

Jasper abanou a cauda e lambeu a mão dela.

Shauzia recostou a cabeça no travesseiro muito macio.

— Queria que a sra. Weera pudesse me ver agora — sussurrou, sorrindo. Então, adormeceu.

Ela acordou algumas horas depois. Após ouvir atentamente para ter certeza de que todos estavam dormindo, desceu as escadas na ponta dos pés até a cozinha. O lixo estava cheio de comida ainda em perfeito estado. Ela a resgatou, levou-a para cima e a escondeu embaixo da cama.

Nunca se sabe quando sentiria fome de novo.

NOVE

Os dias seguintes se passaram em um borrão entre comer e dormir.

Shauzia não tinha se dado conta de quanto estava cansada. Dentro daquele paraíso cercado por muros, havia pássaros e flores e não existiam pilhas de lixo para vasculhar.

Ela fazia três refeições por dia na mesa grande, além dos lanches que Barbara distribuía entre as refeições.

— Sinta-se em casa — disse ela a Shauzia. — Queremos que você fique confortável.

— Por que está fazendo isso? — perguntou Shauzia.

— O salário do Tom ajuda muito aqui — disse Barbara a ela. — Gostamos de compartilhar o que temos. Além disso, nós, meninas, temos que nos ajudar! — Ela deu outro abraço em Shauzia e, dessa vez, Shauzia retribuiu.

Às vezes, os pedintes tocavam a campainha do lado de fora, na rua, e Tom ou Barbara abriam a porta do portão e distribuíam laranjas ou moedas. Como o portão era alto e feito de aço grosso, Shauzia nunca via as pessoas que iam até a porta, mas ficava feliz por elas estarem recebendo alguma ajuda.

Ela continuava com a intenção de ajudar na casa, mas, em vez disso, cochilava. Ela se sentava por um momento depois do café da manhã ou do almoço, na sala de estar ou na varanda, e acordava várias horas depois.

— Me desculpe — disse ela a Barbara, depois de dormir a tarde inteira e não ajudar no jantar.

— Você já está cansada há algum tempo — respondeu Barbara, colocando o braço em volta dos ombros de Shauzia. — Em breve, vai se sentir mais descansada e melhor.

Shauzia gostava quando Barbara sorria para ela. Ela gostava de ver ela e Tom brincando de lutinha ou de caminhão com os filhos ou lendo para eles na hora de dormir.

Tom e Barbara falavam dari com ela, mas os meninos só sabiam inglês. Shauzia repassava cada palavra nova que ouvia em sua cabeça e a sussurrava para Jasper até se sentir à vontade para dizê-la em voz alta. Pouco a pouco, seu inglês foi melhorando.

Ninguém falava sobre o futuro, e Shauzia não queria perguntar. Talvez eles tivessem se esquecido de que ela era uma forasteira. Talvez já a considerassem como uma filha. Ela não queria lembrá-los de que não era.

Um dia, Shauzia acordou de manhã e se sentiu bem desperta.

— Acho que já consegui descansar bem — ela disse a Jasper.

Jasper também parecia bem. Ele estava se alimentando bastante, e sua pelagem estava macia devido às muitas lavagens e escovações.

— Seus olhos estão brilhando hoje — observou Tom no café da manhã.

— Eu gostaria de começar a ajudar — disse Shauzia, satisfeita por ser notada. — Sou muito boa em limpeza.

— Nós já temos uma faxineira — disse Jake, com a boca cheia de ovos mexidos.

— Waheeda só vem duas vezes por semana, o que não é suficiente para manter este lugar limpo — retrucou Barbara. — Se vocês dois, meninos, colaborassem e recolhessem os brinquedos de vez em quando, seria bom.

— Fala com a minha mão — respondeu Paul, esticando o braço, com a palma para fora, voltada para a mãe.

— Você sabe que não gosto disso. — E disse a Shauzia — Ele aprendeu isso em um vídeo.

— Talvez seja melhor você passar um tempinho sem assistir a vídeos — disse Tom.

Paul bateu com o garfo na mesa, espalhando pedaços de ovo. Ele fez um som alto de lamento que machucou os ouvidos de Shauzia.

Ela aproveitou a distração para pegar mais ovos da bandeja e colocá-los com algumas torradas em seu guardanapo. A pilha de comida embaixo da cama aumentava a cada dia. Se algum dia Tom e Barbara pedissem para ela ir embora, ela teria comida por um bom tempo.

Talvez durasse até ela chegar ao mar.

— Eu gostaria de levar os meninos para nadar hoje à tarde — disse Barbara a Shauzia quando estavam lavando a louça do almoço juntas. — Nós vamos ao American Club. Gostaria de poder levar você, mas é só para expatriados. Sabe, estrangeiros? Você vai ficar bem aqui sozinha por algumas horas?

Shauzia achou a pergunta engraçada. Afinal, ela já estava cuidando de si mesma havia muito tempo.

— Eu vou ficar bem — ela disse.

Ela se despediu enquanto eles entravam no carro e fechou o portão depois que eles saíram. Estava quase voltando para casa quando a campainha do portão tocou.

— Não atenda a campainha — dissera Barbara antes de sair. — Eu tenho a chave do portão, então podemos entrar quando voltarmos.

Shauzia ia fazer o que Barbara disse, mas a campainha tocou de novo. Ela não podia deixar alguém lá fora.

Ela abriu a porta do portão. Uma mulher afegã estava segurando um bebê, com a mão estendida.

— Tem alguma coisa para dar aos meus filhos?

— Sim, tenho. Venha para o jardim.

Shauzia correu para dentro da casa e encheu uma sacola plástica com frutas e biscoitos do armário. Ela a entregou à mulher, que lhe agradeceu várias vezes e depois saiu.

— Isso foi divertido — disse Shauzia a Jasper.

Ela entrou em casa e estava se acomodando no chão da sala de estar, preparando-se para brincar com os brinquedos, quando a campainha tocou de novo.

Dessa vez, era um grupo de crianças carregando sacos de lixo, procurando papelão ou latas para adicionar a suas coleções.

Shauzia teve uma ideia.

— Entrem — disse ela. — Entrem e brinquem.

Ela deu comida para todos e lhes mostrou os brinquedos. As crianças pareciam não saber o que fazer com eles. Shauzia fechou uma pequena mão em torno de um carrinho de brinquedo e o fez se mover pelo chão.

A campainha tocou mais algumas vezes. Ela trouxe uma mulher grávida para dentro da casa e a levou para uma das camas, para dormir em um quarto escuro e fresco. Um homem idoso bebeu um copo de leite e adormeceu na sombra do jardim.

Mais mulheres e crianças vieram até a porta. Shauzia convidou todos a entrar.

— As pessoas que vivem aqui gostam de compartilhar — disse ela. Jasper os cumprimentou e fez com que todos se sentissem bem-vindos.

Shauzia distribuiu alimentos até que os armários e a geladeira estivessem vazios. Quando não havia mais comida para doar, ela distribuiu brinquedos, roupas, cobertores — qualquer coisa que os pedintes pudessem usar.

Com todos comendo, as crianças brincando com os brinquedos e com Jasper, a casa parecia estar em festa.

— Aqui está um travesseiro para suas costas — disse ela a uma mulher, e entregando a outra um par de sandálias de Barbara para substituir as rasgadas com as quais ela havia chegado. Ela levou as pessoas até o banheiro para que pudessem tomar banho e encontrou um estoque de barras de sabão em um armário. Ela também as distribuiu.

Shauzia estava no banheiro, ajudando duas meninas a tomar banho e lavar os cabelos quando Barbara e os meninos chegaram em casa. As meninas estavam rindo tanto com as bolhas de sabão em seus cabelos que Shauzia quase não ouviu o grito de Barbara. Então Barbara gritou uma segunda vez, e dessa vez Shauzia com certeza ouviu.

— O que está acontecendo aqui? — gritou Barbara. — Shauzia!

Shauzia, com as mãos cheias de cabelo que estava enxaguando, gritou para ela.

— Estou aqui em cima!

Barbara chegou ao banheiro em segundos.

— Veja como elas estão limpas — disse Shauzia, enrolando as meninas em toalhas.

— Quem são todas essas pessoas? O que você está fazendo?

Shauzia sorriu para ela.

— Compartilhando. Como você compartilhou comigo.

— Compartilhando?

— Eles vieram até o portão. Precisavam de coisas.

— E você simplesmente convidou todo mundo para entrar?

Shauzia não entendeu.

— Achei que você ficaria satisfeita. Achei que era isso que você gostava de fazer. Você tem muito.

— Onde estão as roupas delas? — O rosto de Barbara estava duro quando olhou para as meninas, que pingavam água no chão do banheiro.

Shauzia apontou para a pia. Ela havia colocado as roupas na água para deixá-las de molho antes de lavá-las.

Ela estava planejando enrolar as meninas em lençóis enquanto o sol quente de Peshawar secava as roupas.

Barbara torceu o excesso de água das roupas e as entregou a Shauzia.

— Vista as meninas — disse ela, e depois desceu as escadas. Shauzia a ouviu dizendo às outras pessoas para saírem.

— Mamãe! Tem uma mulher dormindo na minha cama! — gritou Jake, e logo a mulher grávida também estava fora da casa.

Shauzia ajudou as meninas a se vestirem com as roupas molhadas e as levou para fora do portão.

— Sinto muito — disse a elas.

— Foi divertido — disse uma menina.

— Agora estamos cheirando bem.

Shauzia as observou caminhar pela rua, arrastando as sacolas de lixo atrás delas.

— Olhe só para essa bagunça — disse Barbara, pegando os brinquedos e pratos que estavam espalhados pelo quarto.

— Eu ajudo — disse Shauzia, abaixando-se para pegar um prato.

Barbara colocou uma mão no ombro dela.

— Você já fez o suficiente. Por favor, vá se sentar no jardim. — Não havia calor na voz ou no rosto de Barbara.

Tom chegou em casa uma hora depois. Shauzia ficou do lado de fora, mas ainda podia ouvir as vozes deles, aumentando e diminuindo.

— Não temos mais comida em casa! Coisas faltando... brinquedos, roupas. Estranhos em nossas camas!

Em pouco tempo, Tom saiu com os meninos.

— Vamos comer pizza! — anunciou Jake. — O Jasper e a Shauzia podem vir com a gente?

— Não, nós já voltamos — disse Tom, e eles foram embora.

Naquela noite, Shauzia finalmente provou a pizza. Ela gostou muito, mas a atmosfera na mesa estava muito tensa para que pudesse apreciar de fato a comida.

Depois do jantar, Shauzia lavou a louça. Barbara e Tom levaram os meninos para o andar de cima e os acomodaram para passar a noite. Shauzia ouviu outro grito vindo de um dos meninos.

Pouco tempo depois, Tom chamou na escada.

— Shauzia, você poderia vir aqui em cima?

Estavam todos no quarto dela. Um monte de formigas estava se movendo no chão e embaixo da cama.

— Por que você estava escondendo comida?

— Para que eu tivesse algo para comer quando... — Ela parou de falar.

— Quando o quê?

— Quando eu não tivesse mais nada para comer.

— Vou pegar a vassoura — disse Tom depois de um silêncio constrangedor. Ele varreu a comida podre e infestada de formigas. Barbara limpou o chão.

Shauzia ficou em um canto, observando-os e se sentindo pequena.

O café da manhã foi adiado na manhã seguinte, enquanto Tom saía para comprar comida. Quando comeram, já estava no meio da manhã.

— Queremos comprar roupas novas para você — anunciou Barbara quando se reuniram em volta da mesa. — Gostaríamos que você tivesse algo novo para levar para o campo de refugiados.

Shauzia colocou o copo de leite de volta na mesa. Tomou o cuidado de não expressar nada em seu rosto.

— Não é que a gente não goste de ter você por aqui — explicou Barbara —, mas precisamos ficar juntos como uma família.

— Fui ver um amigo meu, esta manhã, que trabalha para uma das agências de ajuda humanitária — acrescentou Tom. — Ele me contou sobre uma seção especial para órfãos e viúvas em um dos campos de refugiados. A mulher que a dirige está acostumada a receber novas crianças sem aviso.

— Você vai poder estudar lá — disse Barbara com alegria. — O amigo de Tom disse que eles têm até um programa de treinamento de enfermeiras.

— Há muitas crianças afegãs como você — concluiu Tom. — Não temos condições de cuidar de todas.

Shauzia endireitou as costas e ergueu o queixo. Não precisava que eles cuidassem dela.

— As crianças adoram seu cachorro — afirmou Barbara.

— Ficaríamos felizes em dar um lar para ele aqui com a gente. Afinal de contas, que tipo de vida ele terá no campo de refugiados?

Jasper se aproximou de Shauzia e colocou as patas no colo dela.

— Bem — disse Barbara, com rigidez —, você gostaria de roupas de menina ou de menino?

— Roupas de menino, por favor — respondeu Shauzia. Então, começou a comer tudo o que via pela frente. Comida era comida. E ela ainda estava muito longe do mar.

Ela manteve o braço em volta de Jasper na van durante todo o caminho até o campo de refugiados. Ainda podia sentir o cheiro do sabão em pó em suas roupas. Em seu colo, havia uma sacola com um *shalwar kameez* de menino novo, alguns doces, um carrinho de brinquedo com apenas duas rodas que Jake havia lhe dado e um sabonete pequeno de cheiro agradável.

Barbara e os meninos ficaram em casa enquanto Tom levava Shauzia de volta pela estrada que a havia trazido para a cidade. Tom não tirava os olhos do trânsito e não falava com ela.

Eu poderia empurrá-lo para fora do banco do motorista, pensou ela, imaginando Tom pulando e rolando pela estrada. Ela poderia assumir o lugar dele ao volante e dirigir a van até o mar.

Quão difícil seria dirigir? Havia muitos motoristas ruins em Peshawar. Ela seria apenas mais uma.

Mas ela não fez nada disso. Não empurrou Tom para a estrada e ainda estava na van quando passou pelos portões principais do campo de refugiados e entrou no labirinto de ruas com paredes de barro.

— Você vai ficar bem aqui — disse Tom depois de parar a van em frente à entrada do Complexo das Viúvas. — Tem muitas crianças por aqui, e me disseram que a mulher responsável fica feliz em receber todas.

Shauzia e Jasper saíram da van.

— Quer que eu entre com você? — perguntou Tom.

Shauzia balançou a cabeça. O certo a fazer seria agradecer a Tom, então ela lhe agradeceu, e estava falando sério.

Mas, ao ver a van se afastar, não pôde deixar de pensar que tudo o que ele havia feito era tirá-la de uma prisão e colocá-la em outra.

— Shauzia está de volta! — As crianças saíram correndo pelo complexo e se abraçaram a ela e a Jasper. Jasper cumprimentava a todos e abanava o rabo tão rápido que era quase um borrão.

Shauzia estava cercada de novo pelo fedor do acampamento. Ela não conseguia mais sentir o cheiro do sabão em pó em suas roupas, e o perfume floral já havia deixado sua pele.

Ela abriu a bolsa e distribuiu as balas, o carro e o *shalwar kameez*. Guardou o sabonete.

Ela o usaria para dar um banho em Jasper.

Quando chegassem ao mar.

DEZ

Fileiras e mais fileiras de flores roxas. Campos e mais campos delas. O sol brilhando em um céu azul brilhante. Um lugar onde nada de ruim acontecia.

A foto tinha vincos profundos. Ficara dobrada no bolso de Shauzia por tempo demais. As bordas estavam desbotando.

— Não consigo entender, Jasper — disse Shauzia. Eles estavam sentados junto a uma parede na sombra. — Eu costumava olhar para essa foto e me imaginar lá, sentada entre as flores. Era tão claro em minha mente. Parecia um lugar mágico. Agora parece apenas uma foto tirada de uma revista. — Ela mostrou a foto para Jasper. Ele nem sequer levantou a cabeça. Já tinha visto aquilo muitas vezes.

Talvez você tenha razão, admitiu ela. *Talvez seja melhor esquecer isso. Vou levar séculos para ganhar dinheiro e não sei se vou conseguir fazer tudo isso de novo. A ideia de começar do zero é horrível. Além disso, o que há de tão bom em um campo de flores roxas? Deve estar cheio de espinhos. E cobras.*

Ela começou a rasgar o papel. Jasper levantou a cabeça e rosnou baixo do fundo da garganta. Então, em vez disso, ela dobrou a foto e a colocou de volta no bolso.

Ela olhou para a parede de barro do outro lado do beco.

— Mas não posso ficar aqui. Não posso passar o resto da minha vida olhando para essas paredes.

Ela se deitou no chão de modo que sua cabeça ficasse próxima à de Jasper.

— Vou contar um segredo para você — disse ela em voz baixa. — Ainda quero ir para a França. Ainda quero chegar ao mar. Mas não quero mais ficar sozinha. O que devo fazer a respeito disso?

Jasper lambeu o nariz dela. Não era uma resposta, mas ela se sentia melhor.

Ninguém disse nada a Shauzia sobre o tempo que passara fora. A sra. Weera deve ter pedido que não o fizessem. As crianças a abraçaram e disseram que sentiram saudades dela, da mesma forma que abraçaram Jasper e disseram que sentiram saudades dele, mas ninguém perguntou o que havia acontecido e por que ela estava de volta.

No início, ela desejou que alguém o fizesse, sobretudo os meninos que tinham a mesma idade que ela. Tinha vontade de brigar com alguém.

No entanto, com o passar dos dias, a raiva foi se esvaindo. Ela passava a maior parte do tempo seguindo manchas de sombra ao redor do complexo.

A sra. Weera estava sendo tão irritante como sempre, mas de uma forma totalmente nova.

Ela não lhe deu mais nenhum trabalhinho.

— Logo você vai querer sair de novo para chegar ao mar, querida — disse ela quando Shauzia pegou alguns jarros vazios para encher na bomba de água das Nações Unidas[13], do lado de fora do complexo. — Guarde suas forças para isso. — A sra. Weera pegou os jarros das mãos de Shauzia e chamou um menino para buscar a água.

---

13 Organização das Nações Unidas (ONU), uma organização internacional que promove a paz, a segurança e o desenvolvimento econômico. [N. E.]

Duas semanas se passaram. Ficar de bobeira enquanto os outros faziam todo o trabalho foi divertido por um tempo, mas agora Shauzia estava tão entediada que mal podia suportar.

— Você ainda está aqui? — perguntou a sra. Weera, passando por Shauzia a caminho de outra parte do complexo. — Achei que você já tivesse ido embora há muito tempo. Uma garota ativa como você deve estar entediada de ficar sentada aí. — Ela continuou andando com seus passos rápidos e gigantescos.

Shauzia se levantou. Ela queria gritar alguma coisa, mas não conseguia pensar em nada para dizer. Então, em vez disso, chutou a parede da cabana. O fato de ter machucado o pé a deixou ainda mais irritada, e o que piorou ainda mais foi que havia dois meninos por perto que estavam assistindo a tudo.

Eles estavam jogando futebol, usando uma pequena pedra como bola, e fizeram uma pausa no jogo por tempo suficiente para rir dela.

— Estão olhando o quê? — Shauzia gritou para eles. — E por que estão perdendo tempo com jogos quando há trabalho a ser feito por aqui? Estão vendo aquelas jarras de água vazias ali? Vão enchê-las! Façam o que estou mandando! — A cada palavra, Shauzia se aproximava mais e mais dos meninos, até que estava gritando bem na cara deles. Ela fez uma pausa para respirar e eles saíram correndo, pegando os jarros vazios a caminho da bomba da ONU.

— Isso foi divertido! — disse Shauzia a Jasper. Ela olhou ao redor do acampamento com novos olhos. — A sra. Weera acha que é muito boa em administrar as coisas, mas há muitas coisas por aqui que não são feitas do jeito certo. Tudo o que ela pode fazer, eu posso fazer dez vezes melhor. Vamos lá.

Ela deu um passo, mas percebeu que Jasper não havia se mexido. Ele estava sentado, observando-a.

Ela se abaixou e coçou as orelhas dele.

— Não me olhe assim. Nós vamos chegar ao mar. Vamos para a França e mandar uma carta à sra. Weera dizendo quanto estamos felizes por estarmos longe dela. Mas iremos quando eu quiser, não quando a sra. Weera disser que devemos ir. E eu não estou com vontade de ir agora.

Shauzia colocou mãos à obra. Em vez de receber ordens da sra. Weera, ela pensava em projetos por conta própria.

Ela organizava festas de coleta com as crianças mais velhas. Elas iam para outras partes do acampamento e pegavam tábuas, pedaços de cano perdidos ou qualquer coisa que encontrassem por aí que pudesse ser útil.

Ela começou a dar aulas de matemática para as crianças pequenas, usando pedras para ensiná-las a formar os números.

— Um dia vocês vão trabalhar — dizia ela — e, se não souberem contar, não vão saber se seu chefe está enganando vocês.

Ela buscava a ração de farinha e óleo de cozinha do armazém e entrou no revezamento para carregar os contêineres de água da bomba da ONU. Ela não atrapalhava a sra. Weera, e a sra. Weera a deixava em paz.

Ela até fez uma amiga. Farzana era alguns anos mais jovem que Shauzia e era nova no complexo. Ela morava em outra parte do acampamento com a tia. A sra. Weera a trouxe para o Complexo das Viúvas quando a tia morreu e não havia mais ninguém para cuidar dela.

— Ela não era minha tia de verdade — disse Farzana a Shauzia. — Eu tinha uma tia de verdade, mas ela também morreu. Eu sou passada de pessoa para pessoa. Estou feliz por estar aqui, porque tem bastante gente. Não vou precisar me mudar de novo quando alguém morrer.

Farzana e Shauzia costumavam sair juntas quando Shauzia tinha tarefas a fazer fora do complexo. Ela gostava de ter uma amiga de novo. Era quase como ter Parvana de volta.

Tudo no acampamento estava prestes a desmoronar, inclusive muitas pessoas. Todos os dias eles viam homens e mulheres sentados contra os muros que ladeavam as ruas, olhando para o nada. Outros falavam sozinhos. Muitos pareciam tão tristes que Shauzia se perguntava se algum dia seriam capazes de sorrir de novo.

Tenho que sair daqui, pensou ela. *Não quero acabar como eles.*

As ruas e as paredes de barro resistiam ao calor do verão.

— Eu me sinto como um *nan* assando no forno — disse Farzana em uma tarde particularmente quente.

O ar estava parado. Elas se sentaram no local mais fresco que puderam encontrar, o mais longe possível das outras pessoas, mas isso não foi muito satisfatório. Se quisessem privacidade, teriam de suportar o mau cheiro dos esgotos a céu aberto. Se quisessem menos fedor, teriam de suportar mais pessoas.

Os bebês se agitavam com o calor, e muitas das crianças tinham dores de barriga. O recinto estava sempre repleto de sons de choro e lamentações.

— O mar vai ser legal — disse Shauzia sem pensar.

— O que é o mar? — perguntou Farzana.

— O mar da Arábia, perto da cidade de Karachi — disse Shauzia. — Ele desemboca no oceano Índico.

— O que é um oceano?

Shauzia ficou atônita.

— Um oceano é, bem, é água, muita água, em um só lugar.

Farzana ficou em silêncio por um momento.

— Tem um oceano neste acampamento. Vou levar vocês lá hoje de noite, quando o dia estiver menos quente. Fica na parte do acampamento em que eu morava com minha tia.

Elas adormeceram na sombra. Se a sra. Weera estava gritando ordens em algum lugar do acampamento, felizmente não a ouviram.

— Aqui está o nosso oceano — disse Farzana mais tarde naquele dia.

Elas estavam de pé ao lado de um lago quadrado de cimento, com cerca de vinte metros de cada lado. Estava cheio de água. Também estava cheio de lixo, de espuma verde e esgoto. Nuvens de mosquitos e outros insetos pairavam sobre ele.

Shauzia observou uma mulher mergulhar um balde na sujeira viscosa e puxar um pouco de água para longe.

— Isso não é um oceano — disse Shauzia. — Um oceano é água até onde a vista consegue alcançar. É profundo, azul e tem um cheiro bom, e eu vou até lá.

— Eu gostaria de ver algo assim — disse Farzana. — Me leve com você.

— Não posso levar você comigo para o oceano. É um caminho muito longo e já está sendo difícil o bastante chegar lá. Além disso, não vou parar quando chegar ao mar. Vou seguir em frente e não quero que ninguém me atrase. Como poderia levar você junto?

Farzana deu as costas para Shauzia.

— Não preciso de ninguém para me levar a lugar nenhum. Posso chegar ao mar sozinha.

Shauzia a observou se afastar. A garota mais nova estava de cabeça erguida, mas Shauzia sabia que havia ferido seus sentimentos.

— Talvez eu deva dizer sim — ela disse a Jasper. — Seria uma mentira, mas a deixaria feliz por algum tempo. — Às vezes, era difícil saber a coisa certa a fazer.

Shauzia correu atrás da amiga.

— Tudo bem — ela disse. — Vou levar você comigo. Vamos para o mar juntas.

ONZE

Shauzia espantou as moscas que se acumulavam no suor do rosto dela. Ao seu redor, outras pessoas faziam o mesmo.

— Sempre que a gente vem aqui, tem que ficar esperando — reclamou um homem ao lado dela. — Vocês acham que não temos mais nada para fazer? Eu deveria estar procurando emprego.

— Tem trabalho por aqui? — perguntou Shauzia.

— Tem trabalho em Peshawar — respondeu o homem.

Shauzia afastou as moscas de novo e voltou aos seus pensamentos. Ela não estava pronta para voltar a Peshawar.

Estava sentada com centenas de outras pessoas no armazém central do acampamento, todos esperando que a farinha fosse distribuída.

— Por que não posso ir buscar no fim do dia? — ela havia perguntado à sra. Weera.

— Porque até lá nossa cota pode ter desaparecido. Você precisa estar lá para pegar nossa ração quando ela chegar.

A farinha era entregue em um grande caminhão por uma agência de ajuda humanitária.

No final da tarde, um dos guardas do armazém anunciou à multidão:

— Hoje não tem farinha. Voltem para suas casas.

— Como assim, não tem farinha? — gritou um homem. — Estou vendo pela janela. Tenho filhos para alimentar.

— Essa farinha é para outras pessoas — disse o guarda. — Não tem o suficiente para distribuir a vocês hoje. Voltem para suas casas.

Não havia mais nada a fazer. Shauzia e os outros voltaram para suas casas.

— Podemos nos contentar sem ela por alguns dias — disse a sra. Weera, quando Shauzia lhe contou o que havia acontecido.

— Como? — perguntou Shauzia. Uma imagem das prateleiras cheias e da geladeira na casa de Tom e Barbara veio à sua mente. Ela a colocou de lado. — Deveríamos reclamar com alguém.

— Nós vamos dar um jeito — disse a sra. Weera, pondo fim à discussão.

A solução foi comer menos.

Shauzia voltou ao armazém no dia seguinte à distribuição da farinha, no final da semana. A mesma coisa aconteceu mais uma vez, e Shauzia voltou para o Complexo das Viúvas de mãos vazias.

Quando isso aconteceu de novo na semana seguinte, ela estava farta. E com fome.

— Eu deveria voltar para a cidade — resmungou Shauzia para a sra. Weera. — Poderia encontrar um emprego lá e comprar algo para comer.

— Mas como você conseguiria trazer a comida de volta para cá? — perguntou a sra. Weera. — Você não está pensando, Shauzia.

— Por que eu traria a comida de volta para cá? Não sou responsável por todas essas pessoas!

— Sim, você é. E eu também. Nós temos duas pernas boas, dois braços bons, dois olhos bons e mentes que funcionam direitinho. Temos uma responsabilidade para com aqueles que não têm o que nós temos.

— Então vamos fazer alguma coisa! — gritou Shauzia. — Todos no complexo estão com fome, e nós ficamos aqui sentadas em nossas duas pernas boas sem fazer nada.

— Já me reuni com a gerência do acampamento — respondeu a sra. Weera. — Não há nada que possamos fazer. A agência de ajuda humanitária que nos envia farinha depende de doações. Se eles não têm o dinheiro, como podem comprar farinha?

— Mas tem farinha no armazém, parada lá. Eu vi pela janela.

— Essa farinha deve ser para algum outro grupo de pessoas.

— Então, vamos passar fome?

— Fiz um apelo a outras organizações de mulheres e tenho certeza de que elas vão nos ajudar. Até lá, temos de ser pacientes.

Shauzia se afastou com frustração.

— Nós odiamos ser pacientes, não é mesmo, Jasper?

Jasper abanou a cauda em concordância.

Shauzia se lembrou dos ataques às latas de lixo do hotel. Ela teve uma ideia.

— Os guardas só vigiam a porta da frente — disse ela a Farzana. — Eles não vigiam a janela dos fundos. São muito preguiçosos.

Elas elaboraram um plano. Precisavam da ajuda de uma dúzia de crianças mais velhas do complexo. Todas aceitaram. Todos estavam com fome.

Eles saíram do complexo na manhã seguinte, bem cedo, quando o céu estava clareando.

Jasper foi com eles. Nenhum dos adultos os viu sair.

Farzana e um dos garotos pequenos foram para a frente do armazém. Seu trabalho era manter os guardas ocupados, conversando com eles e fazendo perguntas intermináveis. O restante das crianças foi para os fundos do armazém. Shauzia abriu a janela com uma faca que havia pegado emprestada da cozinha do complexo.

Logo, sacos de farinha saíram pela janela e foram parar na pequena carroça que haviam trazido.

Shauzia nunca soube como a notícia do que eles estavam fazendo foi divulgada. Ela não se lembrava de ter visto ninguém a caminho do armazém, mas havia muitas pessoas no acampamento sem nada para fazer além de observar outras pessoas.

A carroça das crianças estava cheia até a metade com sacos de farinha quando os primeiros adultos começaram a aparecer. Os homens maiores empurraram as crianças para fora do caminho e tentaram arrancar a farinha da carroça. As crianças tiveram que se jogar em cima dos sacos de farinha para protegê-los.

O barulho que os adultos faziam trouxe os guardas, e o barulho que os guardas faziam trouxe mais pessoas para o armazém.

Em fração de segundos, uma grande multidão havia se reunido. Todos se empurraram para a janela e tentaram arrombar as portas da frente para chegar à farinha. E como gente sempre atrai mais gente, logo um tumulto se formou.

Uma multidão de pessoas famintas e desesperadas se aglomerou em torno do armazém. Shauzia estava em pânico por causa de Farzana e do garotinho que estava com ela, mas não conseguia chegar até eles. Eram muitos adultos ali, grandes e cheios de fome e raiva.

Havia muita gritaria, muito empurra-empurra. As pessoas batiam no armazém com paus e, quando não conseguiam chegar ao armazém, batiam umas nas outras.

Shauzia ainda tinha um saco de farinha agarrado firmemente em seus braços. Ela o usava para se proteger enquanto se aproximava da multidão.

Alguém começou a puxar o saco. Shauzia olhou para cima. Um homem com o dobro do seu tamanho estava tentando pegar a farinha.

— Tenho crianças famintas para alimentar! — gritou ele.

— O que você acha que eu sou? — berrou Shauzia em resposta.

Ele era maior e mais forte. Ele levantou o braço e bateu com o punho na cabeça de Shauzia.

Ela caiu no chão. Sua cabeça bateu na terra com um baque, e ela viu o homem fugir com sua farinha.

Ela queria se levantar do chão e correr atrás dele. Queria bater nele da mesma forma que ele havia batido nela e pegar de volta a farinha de que precisava para alimentar a si mesma e a seus amigos. Mas a mensagem não estava passando de seu cérebro para seu corpo. Tudo o que ela podia fazer era deitar-se no chão e observar as pernas dos desordeiros correndo de um lado para o outro.

Muitos dos sacos de farinha rasgaram durante a luta. O chão ao redor de Shauzia logo parecia Cabul no inverno, pois a farinha rodopiava no ar e se depositava na terra.

Os manifestantes não prestaram atenção em Shauzia. Ela rolava de um lado para o outro enquanto as pessoas corriam ao seu redor e sobre ela, muitas vezes pisando nela como se ela fosse um tronco, e não uma pessoa.

Alguém grande e pesado pisou em sua perna. Shauzia sentiu um estalo e gritou de dor. Seus berros se perderam em meio à gritaria dos desordeiros. Outro golpe atingiu sua cabeça, e então tudo ficou escuro.

Ela estava inconsciente quando Jasper finalmente a encontrou. Ele estava em cima dela, latindo com fúria para todos que se aproximavam, protegendo-a da multidão enfurecida.

DOZE

A cabeça de Shauzia parecia estar enterrada sob um monte de pedras. Os ruídos ao seu redor não eram familiares, e ela se esforçou para abrir os olhos. O máximo que conseguiu foi abrir um olho um pouquinho, mas não o suficiente para enxergar através dele. O esforço foi demais para ela, e ela caiu na escuridão mais uma vez.

Algum tempo depois, conseguiu ficar acordada por tempo suficiente para emitir um som. Seu peito e sua cabeça doíam terrivelmente, e o que estava acontecendo com a perna dela? Ela abriu a boca o bastante para gemer. Depois, desmaiou.

— Shauzia.

Ela ouviu alguém a chamando no final de um longo túnel.

— Shauzia.

Pouco a pouco, o túnel foi ficando mais curto.

— Tudo bem, Shauzia. É hora de acordar.

Havia algo familiar na voz, mas o cérebro de Shauzia estava trabalhando muito devagar para conseguir identificar o que era.

— Shauzia! Acorde! Chega de palhaçada!

Isso foi o suficiente. Parte da escuridão se dissipou do cérebro de Shauzia e ela conseguiu abrir um olho por tempo suficiente para ver o rosto da sra. Weera pairando sobre ela.

— O quê...?

— Você está na clínica — disse a sra. Weera. — Você levou algumas pancadas, mas não há nada para se assustar. Logo estará de volta ao jogo.

A alegria impetuosa da sra. Weera foi dura para os ouvidos de Shauzia. Ela acenou levemente com o braço, dizendo à sra. Weera para ir embora.

— Não, não precisa me agradecer — disse a sra. Weera, segurando a mão de Shauzia e colocando-a entre suas duas mãos fortes.

Por um momento, Shauzia se sentiu mais segura do que jamais havia se sentido antes.

Então a sra. Weera falou de novo.

— E eu sei que você sente muito por ter causado tantos problemas. Cuidaremos de tudo isso mais tarde. No momento, só precisa descansar e se recuperar. Você ficará em forma antes que perceba.

Shauzia sentiu a cama se mexer quando a sra. Weera se levantou. Ela fechou os olhos, feliz que a visita da sra. Weera não duraria muito tempo.

— Já que vão ficar com Shauzia por um tempo, que tal começarem o treinamento de enfermeira dela? — A sra. Weera gritou para a equipe da clínica.

Shauzia não teve forças para protestar. Será que a sra. Weera sempre conseguia o que queria?

No dia seguinte, a cabeça de Shauzia estava um pouco melhor, e ela conseguia abrir os olhos o suficiente para ver o enorme gesso em sua perna.

— Você partiu algumas costelas — informou uma das enfermeiras. — Seu peito ficará dolorido por um tempo, mas vai se recuperar. Estávamos preocupados com sua cabeça, mas você deve ter um crânio grosso. Nada parece estar danificado. Você deveria ver seu rosto. Está todo machucado.

— Sinto dores no corpo inteiro — disse Shauzia. Como não tinha espelho, ela não se importava com sua aparência. — Você pode me dar algo para a dor?

— Você vai ter que aguentar — disse a enfermeira. — Os analgésicos estão em falta. Tudo está em falta. A dor vai passar com o tempo.

— Minha perna vai ficar boa? — Shauzia quase teve medo de ouvir a resposta.

— Você teve uma fratura simples. Seis semanas de gesso e sua perna estará curada.

— Seis semanas?!

— Olhe o tom, por favor. Você tem algum outro lugar para ir?

— Claro que tenho. Você acha que quero ficar aqui?

— Acho que nenhum de nós quer ficar aqui, mas aqui estamos.

— Bem, eu não preciso ficar aqui — disse Shauzia sem rodeios.

— Ninguém está te prendendo aqui — retrucou a enfermeira, verificando os curativos da mulher na cama ao lado de Shauzia.

— Como posso andar com essa perna ruim?

— Sua perna está quebrada, é só isso, não foi arrancada. Pare de reclamar. Você tem mais sorte do que a maioria. — A enfermeira se afastou, de modo que Shauzia não poderia responder sem gritar do outro lado da clínica. Ela teria feito isso se não estivesse se sentindo fraca demais para gritar.

— Ela deve ter sido treinada pela sra. Weera — murmurou.

— Tente ser paciente — disse a mulher na cama ao lado. Ela era mais bandagens do que mulher. Todo o rosto estava coberto, exceto um olho. Sua voz era velha e rouca. — Tudo se cura com paciência.

— A paciência só dá mais do que você já tem — respondeu Shauzia. — A paciência nunca cura nada. Tudo o que a paciência faz é com que você se esqueça de que sempre quis algo melhor. A paciência transforma você em pedra.

— Quando tudo o que resta é escolher entre a paciência e a impaciência, a paciência parece melhor para a cabeça.

— Que bom para você. Você é velha. Provavelmente não faria nada, mesmo que pudesse. Eu sou jovem. Tenho planos.

— Quantos anos você tem?

— Catorze.

— Eu tenho dezesseis — respondeu a mulher.

Shauzia passou um longo tempo sem dizer nada. Então, perguntou:

— O que aconteceu com você?

— Um homem jogou ácido no meu rosto.

— Por que ele fez isso?

— Ele não gostou do que eu estava fazendo. Achei que estaria segura em um campo de refugiados, mas acho que não há lugar seguro para mim em lugar nenhum.

— O que você estava fazendo que ele não gostou?

— Eu estava ensinando a filha dele a ler.

— Ele era do Talibã?

— E isso importa? Nem todos os homens com ideias ruins pertencem ao Talibã. Me dói só de falar. Me deixe descansar.

Shauzia a deixou descansar e depois adormeceu.

Quando acordou, a cama ao seu lado estava vazia.

Ela agarrou o braço de uma enfermeira que passava.

— Cadê ela? — perguntou, apontando para a cama com a cabeça.

— Ela não sobreviveu.

— Quer dizer que ela morreu?

— Me solte.

— Você nem liga, não é? Você nem parece triste por ela ter morrido. Não fez nada para ajudar!

A enfermeira se soltou.

— Você sabe quantas mortes vemos aqui? Como posso chorar por todas elas? Tudo o que você faz é ficar aí deitada, reclamando. Como se atreve a me criticar?

— Já chega. — Uma enfermeira mais velha se aproximou.

— O que ela espera da gente? Não temos curativos suficientes, quase não temos comida e falta água. — A voz da enfermeira se elevou em desespero. — Mais três crianças morreram hoje. Que tipo de lugar é esse? Os animais de fazenda são mais bem tratados.

— Pare com isso! — bradou a mulher mais velha com firmeza. — Você está assustando os pacientes. Faça uma pausa e se acalme. Você não me serve de nada desse jeito.

A jovem começou a chorar e saiu correndo. A enfermeira mais velha voltou ao trabalho.

Shauzia virou a cabeça para o outro lado. Ela não queria olhar para a cama vazia.

No dia seguinte, ela recebeu um par de muletas.

— Pratique andar com elas — disse a enfermeira —, mas não vá muito longe. Várias outras pessoas precisam das muletas hoje.

Era ótima a sensação de se movimentar de novo, ainda que fosse estranho usar muletas. Ela se afastou um pouco da clínica e se virou para voltar.

Então, parou e olhou para a clínica.

Era só uma tenda enorme, com as abas abertas para permitir que a pouca brisa que havia entrasse. Telas de pano davam alguma privacidade aos pacientes nas camas, embora não muita, e mantinham um pouco da poeira longe deles. Nos cantos da clínica, as famílias dos doentes sentavam-se no chão, esperando que eles melhorassem. As crianças choravam. Enfermeiros e médicos estavam ocupados com a fila de pessoas que tinham vindo vê-los, limpando e fazendo curativos nos ferimentos e tentando consolar as pessoas que choravam de dor e tristeza.

Ninguém estava observando Shauzia para garantir que ela devolvesse as muletas. Ela virou em uma rua estreita, com paredes de barro, e a clínica sumiu de vista atrás dela. Iria embora daquele lugar.

Primeiro, porém, precisava encontrar Jasper, que não tinha sido autorizado a entrar na clínica. Ela faria uma última viagem ao Complexo das Viúvas, pegaria seu cachorro e sairia sem falar com ninguém.

Chega de sra. Weera. Chega de pessoas doentes, desesperadas e loucas. Seriam só ela, o cachorro e o grande mar azul.

TREZE

Shauzia caminhava devagar. Era difícil andar com as muletas. O suor escorria pela parte interna do gesso, fazendo com que sua perna coçasse e doesse ao mesmo tempo. Ela queria voltar para a cama da clínica, mas continuou.

— Rapaz, para onde você vai com esse calor? — um dos homens sentados na beira da estrada gritou quando ela passou.

— Velho, o que está esperando com esse calor? — perguntou ela em resposta.

— Estou só esperando — respondeu o velho. — É o que eu faço. Não lembro o que estou esperando, mas ainda assim eu espero. Um dia, você vai esperar como eu.

— Nunca! — exclamou Shauzia.

— Você está caminhando no calor para chegar a algum lugar, mas para onde pode ir? Não há outro lugar a não ser aqui. Esta rua ou aquela rua, é tudo a mesma coisa. Um dia você vai se dar conta disso e, então, vai se sentar e esperar.

Shauzia foi embora enquanto o homem ainda estava falando.

Ela passou por muitos homens como aquele, sentados e esperando, seguindo-a com os olhos enquanto ela continuava seu caminho lento e desajeitado pela rua.

As muletas eram muito curtas para ela, e suas costas doíam quando ela se abaixava para usá-las. Ela não falou com mais nenhum dos homens, nem eles falaram com ela. Ficavam só observando e esperando.

A perna dela doía muito. Estava com calor e cansada. Precisava sair do sol e colocar a perna para cima.

Ela se virou para voltar à clínica e percebeu que estava perdida.

Caminhara sem perceber para onde estava indo. As estradas e os caminhos do acampamento seguiam em todas as direções. Nunca tinha estado naquela parte antes, quando andava por aí levando os recados da sra. Weera. Não fazia ideia de onde estava ou como voltar.

Ela perguntou a um dos homens que estavam sentados e esperando onde ficava o Complexo das Viúvas. O homem ficou pensando na pergunta enquanto Shauzia se apoiava impaciente nas muletas.

Outro homem apareceu.

— O que está acontecendo? — perguntou ele ao primeiro homem.

— O rapaz quer chegar ao Complexo das Viúvas.

— Por que você quer ir para lá, garoto?

Os dois homens conversando chamaram a atenção de um terceiro. Três homens chamaram a atenção de mais três, e logo havia uma dúzia de homens na pequena rua de terra, discutindo a direção do Complexo das Viúvas e até questionando se havia um Complexo das Viúvas.

— Por que você quer ir para lá, garoto? — alguém perguntou de novo. — Você não sabe que elas começaram o motim por causa da comida? Fique longe delas. Mulheres que vivem juntas assim não fazem nada de bom.

A discussão mudou para a revolta dos alimentos. Os homens diziam que as viúvas haviam usado uma bomba para abrir as portas do armazém.

Shauzia aproveitou a oportunidade para se esgueirar por um caminho, longe dos homens e de suas histórias malucas.

Ela continuou andando, virando para um lado e para o outro, na esperança de encontrar algo que lhe parecesse familiar.

As paredes de barro chegaram a um fim abrupto, e Shauzia se viu olhando para um mar infinito de barracas.

Era o acampamento para os recém-chegados. A sra. Weera havia lhe falado dele, mas ela nunca o tinha visto.

— Não há espaço para eles no campo de refugiados, mas ainda assim eles vêm. Para onde mais iriam? Chegam sem nada — dissera a sra. Weera. — Alguns deles esperam seis meses ou mais por uma barraca.

Shauzia se virou. Aquele não era o Complexo das Viúvas, nem a saída do acampamento.

Pensar em voltar para o labirinto de paredes de barro a fez dar meia-volta de novo. Talvez ela pudesse atravessar o acampamento para os recém-chegados e encontrar um caminho mais rápido de volta ao Complexo das Viúvas. A bússola em sua cabeça lhe dizia que essa seria a coisa certa a fazer. Ela entrou no novo acampamento.

Não havia estradas ou caminhos que pudesse ver. Mal havia espaço para caminhar entre as tendas e, em alguns lugares, não havia nenhum espaço.

Algumas pessoas tinham tendas apropriadas feitas de lona branca com o ACNUR[14] estampado na

---

[14] Alto Comissariado das Nações Unidas para Refugiados, que oferece ajuda financeira, proteção, abrigo e itens de emergência para pessoas refugiadas, deslocadas e apátridas em todo o mundo. [N. E.]

lateral, em grandes letras pretas. Algumas pessoas tinham tendas feitas de trapos costurados juntos. Algumas pessoas tinham barracas feitas de folhas de plástico fino esticadas sobre varas.

Shauzia enfiou a cabeça em algumas das barracas.

— Vocês sabem onde fica o Complexo das Viúvas? — ela perguntou.

As pessoas que estavam lá dentro a encararam com olhos vazios. A temperatura dentro das tendas era ainda mais quente do que fora, mas as pessoas ainda estavam amontoadas dentro delas.

Não havia mais nenhum lugar para se sentar.

— Me dê suas muletas! — gritou uma voz de uma das tendas. Shauzia se abaixou e viu uma senhora idosa sentada lá dentro. Ela não tinha uma das pernas. — Me dê essas muletas para que eu possa ir embora daqui. Não gosto deste lugar terrível.

Shauzia saiu correndo. Em sua pressa, ela tropeçou em uma estaca da barraca e se esparramou no chão duro. As crianças que estavam por perto riram dela. Shauzia sabia que elas estavam entediadas e que ela era um entretenimento, mas não estava com vontade de entreter ninguém. Ela os atingiu com uma de suas muletas.

— Isso não é maneira de se comportar — disse um homem, ajudando-a a se levantar. — Você é mais velho do que eles. Deveria mostrar a eles como ser gentil.

Shauzia se afastou mancando, sem agradecer.

Ela ouviu o barulho de um caminhão e viu pessoas correndo, carregando jarros e panelas. Shauzia seguiu a multidão.

Era um caminhão de água. Os guardas que o cercavam tentaram fazer com que as pessoas entrassem em fila, esperassem sua vez, mas todos estavam sedentos demais. Eles se aglomeraram em volta do caminhão.

Shauzia ficou na beira da multidão, em cima de uma pequena elevação no chão, e observou a cena lá embaixo.

As pessoas que conseguiam encher seus jarros com a preciosa água muitas vezes viam a maior parte dela se espalhar pelo chão enquanto tentavam voltar para o meio da multidão. Um homem teve o jarro inteiro arrancado de suas mãos, mas quando tentou voltar ao caminhão para reabastecê-lo, não conseguiu atravessar a massa de pessoas. Ele balançou o jarro em sinal de frustração, batendo na cabeça de alguém. O atingido revidou e logo a pancadaria se instaurou.

Shauzia se virou e foi embora. Ela não queria quebrar a outra perna.

Ela encontrou o caminho até o fim das barracas, em um pedaço de estrada irregular. Uma van branca, como a que as agências de ajuda humanitária usavam, estava vindo em sua direção. Então ela parou no meio da estrada para impedi-la.

— Estou perdido! — gritou ela.

O trabalhador humanitário saiu da van.

— Você pertence a que lugar? — perguntou ele.

— Meu lugar é no mar! — Shauzia começou a chorar. — Meu lugar é na França! Meu lugar é em um campo de flores roxas, onde nada cheira mal, sem ninguém gritando ou empurrando ao meu redor! É lá o meu lugar!

O trabalhador humanitário ajudou Shauzia a sentar no banco do passageiro da van e esperou até que ela parasse de chorar para perguntar:

— Onde você mora agora?

Shauzia enxugou as lágrimas do rosto.

— No Complexo das Viúvas — disse ela.

Ele deu a partida na van. O mar de barracas e pessoas tristes parecia não ter fim.

— Quem são eles? — perguntou Shauzia.

— Acabaram de sair do Afeganistão — explicou o trabalhador humanitário. — As pessoas estão correndo para atravessar a fronteira antes que os americanos ataquem.

— Os americanos vão atacar?

— Eles estão furiosos com o que aconteceu na cidade de Nova York.

— O que aconteceu?

O trabalhador humanitário manteve uma mão no volante enquanto procurava no chão com a outra.

— Aqui está. — Ele entregou a Shauzia um pedaço de jornal que havia encontrado.

Shauzia olhou para a fotografia. A fumaça saía dos escombros desfigurados de um prédio.

— Parece Cabul — disse ela, deixando o jornal cair de volta no chão.

Ela encostou a cabeça na janela. As pessoas que passavam pelo carro não pareciam fortes o suficiente para explodir qualquer coisa.

Então ela fechou os olhos e não os abriu de novo até chegarem ao Complexo das Viúvas.

A cama dela na clínica fora cedida a outra pessoa, contou a sra. Weera. Ela colocou um *charpai*[15] na sombra para Shauzia descansar. Jasper sentou-se no chão perto dela, e as crianças do complexo se reuniram em volta pedindo histórias, até que foram afastadas pela sra. Weera.

No dia seguinte, houve um ataque ao Complexo das Viúvas. Meia dúzia de homens tentou pular os muros, gritando que as mulheres que estavam lá den-

[15] Cama tradicional de madeira e cordas de fibras naturais trançadas, usada principalmente no sul da Ásia. [N. E.]

tro eram imorais e não deveriam ter autorização para viverem juntas sem homens para vigiá-las.

A sra. Weera e as outras mulheres bateram nos homens que pulavam os muros com vassouras e qualquer outra coisa que pudessem pegar. Shauzia estava presa no *charpai*. Suas muletas haviam sido devolvidas à clínica, então ela não podia fazer nada além de observar e gritar com os homens. Jasper, com seu latido e seus dentes à mostra, ajudou a espantar os intrusos.

A sra. Weera teve de contratar guardas extras. Apesar de ela não ter dito nada, Shauzia sabia que ela estava preocupada, pensando em como pagaria a eles.

Shauzia passou as semanas seguintes sentada com as mulheres do projeto de bordado. Ela bordou guardanapos e toalhas de mesa e esperou que sua perna sarasse.

CATORZE

A enfermeira do Crescente Vermelho[16] abaixou seus cortadores e retirou o gesso. A perna de Shauzia parecia magra e fraca.

— Tente ficar em pé — disse a enfermeira.

Com cuidado, Shauzia colocou algum peso sobre a perna. Ela doeu um pouco, mas, fora isso, estava bem. Jasper cheirou a perna recém-liberada e a lambeu com delicadeza.

— Foi uma fratura simples — disse a enfermeira. — Você teve sorte. De agora em diante, fique longe de tumultos.

Shauzia deu mais alguns passos, experimentando sua perna remendada.

— Teremos seus *kits* de primeiros socorros prontos esta tarde — disse a enfermeira à sra. Weera, que havia levado Shauzia para a clínica. — Quando você vai embora?

— Amanhã, eu acho. Ou talvez hoje à noite. Não consigo decidir se é mais seguro viajar depois que escurecer ou se devemos esperar até o dia clarear.

— Ambos têm riscos — concordou a enfermeira.

— Para onde você vai? — perguntou Shauzia.

Ela estava mesmo prestes a se livrar da sra. Weera?

---

16 O equivalente muçulmano da Cruz Vermelha, uma organização internacional que fornece ajuda aos doentes e feridos em tempos de desastre e guerra. [N. T.]

— A sra. Weera é uma mulher muito corajosa — disse a enfermeira. — Espero que você a trate com respeito. Ela vai levar várias enfermeiras de volta ao Afeganistão.

— Você vai voltar? — Shauzia quase gritou. — Por que quer fazer isso?

— Nosso povo está sendo bombardeado — respondeu a sra. Weera com calma. — Milhares de pessoas se reuniram na fronteira, tentando sair, mas a fronteira foi fechada. Precisamos de enfermeiros.

— Se a fronteira está fechada, como vocês vão entrar?

— Teremos de entrar às escondidas, provavelmente pelas montanhas.

— Só vocês, mulheres? Nunca conseguirão escapar. O Talibã vai prender todas vocês.

— Teremos que correr esse risco — disse a sra. Weera. — As pessoas precisam de nós e nos ajudarão da melhor forma possível. Devemos voltar para o complexo agora. Tenho muito o que fazer.

O complexo estava fervilhando de atividades naquela semana, mas Shauzia não havia prestado muita atenção a isso. O grupo de bordado havia trocado o trabalho com agulhas sofisticadas pelo corte de tiras de material para curativos e remendos em cobertores velhos. Shauzia havia notado toda aquela correria, mas não se importara em fazer perguntas.

Naquela noite, ela se sentou no chão, de costas para a cabana onde dormia e onde ficava o escritório da organização das mulheres. Elas entravam e saíam sem parar, sem prestar atenção em Shauzia.

Farzana se sentou ao lado dela. Jasper abanou o rabo e deitou a cabeça no colo de Farzana.

— Vai ser muito tranquilo sem a sra. Weera aqui — disse Farzana.

— Ainda vamos conseguir ouvir os roncos dela de noite. Mesmo que ela esteja do outro lado do mundo, seus roncos chegarão até nós. Provavelmente, ela vai estourar os tímpanos de todos os soldados do Talibã e, em seguida, tomará o lugar deles como governante do Afeganistão.

— Assim, ela teria um país inteiro para mandar — disse Farzana com uma risada. — Ela gostaria disso.

— Você acha que o Talibã tem leis malucas? As da sra. Weera seriam ainda mais malucas. Ela vai obrigar todo mundo a passar todas as tardes jogando hóquei sobre a grama.

Farzana riu de novo.

— Ela vai obrigar até os idosos a jogar e as pessoas de muletas.

— Ela é louca! — Shauzia estava com raiva agora. Ela jogou uma pedra no pátio e, por pouco, não acertou uma das mulheres ocupadas. — Ela é maluca da cabeça por voltar ao Afeganistão, ainda mais sem um homem. Ela acha que pode fazer qualquer coisa acontecer só porque quer que aconteça. Ela é louca!

— E o que você tem a ver com isso? — perguntou Farzana. — Você vai para o mar.

— É isso mesmo — disse Shauzia. — Agora que tiraram meu gesso, eu posso ir.

— Você não vai me levar com você, vai? — perguntou Farzana.

Shauzia não respondeu.

— Não tem problema — disse Farzana. — A sra. Weera me disse que você não iria, mas eu já sabia.

Shauzia não sabia o que dizer. Ela acariciou o pelo macio de Jasper. Não gostava do que estava sentindo.

— Então, por que você fica sentada aqui? — perguntou Farzana. — Por que você não vai embora?

— Estou indo — disse Shauzia. — Só estou descansando primeiro. É um longo caminho até o mar.

— Descanse em outro lugar — protestou Farzana. — Não quero ficar perto de você agora.

— Eu já estava sentada aqui antes de você.

— Tudo tem que ser sempre do seu jeito? Vou ficar onde estou. Você vai embora.

— Tudo bem, será um prazer. — Shauzia se levantou. — Qualquer pessoa seria uma companhia melhor do que você. Anda, Jasper.

Jasper arregalou os olhos castanhos para olhar para ela, mas sua cabeça permaneceu no colo de Farzana.

— Cachorro estúpido — disse Shauzia, e se afastou deles.

Ela encontrou um lugar para se sentar contra a parede do complexo, onde não precisava olhar para ninguém. Depois, tirou do bolso a foto da revista sobre a França.

Talvez fosse a luz fraca da noite. Talvez fosse a raiva que sentia de Jasper por ter escolhido Farzana em vez dela. Fosse o que fosse, por algum motivo o campo de flores roxas não parecia mais tão convidativo. Na verdade, parecia um pouco sem graça.

Shauzia colocou a foto de volta no bolso e se encostou na parede. Durante um bom tempo, ela ficou sentada, pensando.

— Elas estão indo embora! A sra. Weera está indo embora!

Shauzia ouviu o chamado e se levantou. Ela tinha que vê-las partir. Ela tinha que se certificar de que a sra. Weera estava indo embora de verdade.

Todos do complexo se reuniram no pátio para dizer adeus. Shauzia ficou de longe, observando, querendo fugir, mas sentindo-se compelida a ficar.

A sra. Weera a procurou. Ela envolveu Shauzia em um de seus abraços gigantescos.

— Você é uma criança muito preciosa — disse a sra. Weera baixinho. — Espero que você chegue ao mar. Espero que a França a receba de braços abertos. Eles teriam sorte de recebê-la.

A sra. Weera a soltou e se juntou às suas enfermeiras. Com um último aceno, elas deixaram o complexo. Os outros foram para suas casas.

Shauzia, Farzana e Jasper ficaram na porta e observaram as mulheres se afastando.

— Elas estariam muito mais seguras se tivessem um homem com elas — disse Shauzia.

— Ou até mesmo um menino — Farzana concluiu.

Sem pensar duas vezes, Shauzia entrou em ação. Ela pegou sua bolsa a tiracolo e o xale na cabana. Parou brevemente onde Farzana e Jasper estavam.

— Cuide de Jasper — disse ela a Farzana. — Se vocês dois chegarem ao mar, dê um banho nele nas ondas, usando isso.

Ela entregou a Farzana o pedaço de sabonete florido de Tom e Barbara. Em seguida, colocou a mão no bolso, tirou a foto do campo de lavanda e a entregou a Farzana também.

Por fim, ela se abaixou e abraçou Jasper com força. Sabia que ele não se importaria com o fato de ela estar chorando. Shauzia deixou o complexo e foi ao encontro da sra. Weera e das enfermeiras.

Restavam ainda quase vinte anos para o encontro com a amiga Parvana no topo da Torre Eiffel, em Paris. Ela chegaria lá. Mas primeiro, tinha um trabalhinho a fazer.

A sra. Weera tinha pernas longas. Shauzia teve de correr para alcançá-la.

Nota da autora

O Afeganistão é um pequeno país que fica entre a Europa e a Ásia. Ele tem cadeias de montanha, rios de fluxo rápido e desertos dourados. Seus vales férteis já produziram frutas, trigo e vegetais em abundância.

Ao longo da história, exploradores e comerciantes passaram pelo Afeganistão e tentaram controlá-lo para interesses próprios. O país enfrenta guerras praticamente contínuas desde 1978, quando combatentes apoiados pelos estadunidenses se opuseram ao governo apoiado pelos soviéticos.

Em 1980, a União Soviética invadiu o Afeganistão e a guerra se intensificou, com os Estados Unidos apoiando os combatentes pela liberdade afegã, muitos dos quais eram senhores da guerra. A luta foi feroz, cruel e prolongada.

Depois da derrota soviética em 1989, uma guerra civil eclodiu, com vários grupos lutando pelo controle do país. Milhões de afegãos tornaram-se refugiados, e alguns ainda vivem em enormes campos no Paquistão, no Irã e na Rússia. Muitas pessoas passaram a vida inteira nesses campos, e milhões de afegãos foram mortos ou mutilados.

A milícia Talibã, um dos grupos que os Estados Unidos e o Paquistão financiaram, treinaram e armaram, assumiu o controle da capital Cabul em setembro de 1996. Eles impuseram leis extremamente restritivas a meninas e mulheres. Escolas para meninas foram fechadas, as mulheres não tinham mais permissão para trabalhar e códigos de vestimenta rígidos eram aplicados. Livros foram queimados, televisões foram destruídas e qualquer forma de música foi proibida.

No outono de 2001, a Al-Qaeda, um grupo terrorista com base no Afeganistão e protegido pelo Talibã, lançou ataques contra o Pentágono e o World Trade Center, na cidade de Nova York. Como retaliação, os Estados Unidos lideraram uma coalizão de nações para bombardear o Afeganistão e expulsar o Talibã do poder. Foram realizadas eleições, e um novo governo e uma nova constituição foram estabelecidos. Várias escolas para meninos e meninas foram abertas e, em algumas partes do país, as mulheres foram autorizadas a voltar ao mercado de trabalho.

Entretanto, o Afeganistão está longe de ser uma nação de paz, por vários motivos. O Talibã voltou a combater em uma guerrilha muito eficaz contra o governo e as forças estrangeiras.

O país tornou-se um grande produtor de ópio, substância da qual é feita a heroína. Há muita corrupção em todos os níveis de governo. Por fim, os afegãos, assim como as pessoas em todo o mundo, não se sentem à vontade com forças estrangeiras lutando em seu país. As lutas pelos direitos das mulheres também continuam, com escolas de meninas sendo queimadas e mulheres ativistas sendo assassinadas.

Não há respostas fáceis para o povo do Afeganistão, que enfrenta uma situação tão difícil. Aprender mais desse belo e trágico país e seu maravilhoso povo é uma pequena maneira de tentar evitar os muitos erros cometidos por pessoas de fora que levaram os afegãos a esse momento difícil de sua história.

A OUTRA FACE

Parvana, de onze anos, vive com a família em um quarto de um prédio de apartamentos bombardeado em Cabul, capital do Afeganistão.
O pai de Parvana — um professor de História até sua escola ser bombardeada e sua saúde destruída — trabalha lendo cartas para pessoas que não sabem ler ou escrever, sentado sobre um cobertor no chão do mercado. Um dia, ele é preso pelo crime de ter uma educação estrangeira, e a família fica sem alguém que possa ganhar dinheiro ou até mesmo comprar comida.
À medida que as condições da família se tornam desesperadoras, surge apenas uma solução. Proibida de ganhar dinheiro como menina, Parvana precisa se transformar em um menino e se tornar o ganha-pão da família.

"Um livro [...] sobre os tempos difíceis — e a coragem das crianças afegãs."
Washington Post

Prêmio Hackmatack
Prêmio Livro do Oriente Médio
Prêmio Rebecca Caudill para Jovens Leitores
Prêmio Peter Pan, da Suécia
Prêmio Yalsa de Livro Popular para Jovens Adultos

A viagem de Parvana

Uma guerra está ocorrendo no Afeganistão enquanto uma coalizão de forças ocidentais tenta expulsar o Talibã bombardeando o país. O pai de Parvana morreu, e sua mãe, irmã e irmão foram a um casamento distante, sem saber o que aconteceu com o pai. Parvana não sabe onde eles estão. Ela só sabe que precisa encontrá-los. Ela parte sozinha, disfarçada de menino, e sua jornada se torna mais perigosa quando as bombas começam a cair. Percorrendo a desolada zona rural afegã, Parvana encontra outras crianças perdidas na guerra. As crianças viajam juntas porque é mais fácil do que ficarem sozinhas. E, à medida que criam sua própria família na zona de guerra em que o Afeganistão se tornou, sua resiliência, imaginação e sorte as ajudam a sobreviver.

"Por meio de uma prosa simples e afetuosa, Ellis [...] torna a jornada das crianças árdua e crível."
Booklist

"Esta sequência [...] pode ser lida facilmente [mesmo sem ler o livro anterior] *[...] Uma leitura inesquecível."*
School Library Journal

Menção honrosa no Prêmio Livro do Ano
para Crianças da Associação Canadense de Bibliotecas
Finalista do Governor General's Award
Prêmio Golden Oak da Associação de
Bibliotecas de Ontário
Prêmio Ruth Schwartz
Prêmio Yalsa de Livro Popular para Jovens Adultos

Por Deborah Ellis

Ficção

A outra face: História de uma garota afegã

A viagem de Parvana: Mais histórias de uma garota afegã

Meu nome é Parvana: Outras histórias de uma garota afegã

A história de Shauzia: O sonho de uma garota afegã

A trilogia *Breadwinner* (antologia)

A Company of Fools

The Heaven Shop

I Am a Taxi

Sacred Leaf

Jackal in the Garden: An Encounter with Bihzad

Jakeman

Bifocal (coautoria de Eric Walters)

Lunch with Lenin and Other Stories

Não ficção

Three Wishes: Palestinian and Israeli Children Speak

Our Stories, Our Songs: African Children Talk about AIDS

Off to War: Voices of Soldiers' Children

Children of War: Voices of Iraqi Refugees

Este livro foi composto nas fontes
ITC Stone Serif Std e OPTI Ondine Five
e impresso sobre papel pólen soft 70 g/m²